KB083223

그리고 생활은 계속된다

그리고 생활은 계속된다

이나가키 에미코 지음 | 김미형 옮김

엘리

인생 참 여러 가지, 많은 일이 있었다.

나름대로 열심히 달려왔다. 그런데 참 이상하지,

아무리 열심히 달려도 걱정이 끊이질 않는다.

참 많은 일이 있었고, 참 많은 생각을 했다.

그러면서 소중히 여겨왔던 것들에게

이별을 고하기로 했다.

풍족한 소비.

전기.

아끼던 물건들.

가스.

수도.

넓은 집.

그리고 회사.

남은 것이라곤 소소한 나.

그리고

작고,

쓸쓸한 생활.

혼자가 된다는 건 두려운 일이다.

그래도 애쓰고 노력해서 혼자가 되어보았다.

무엇 때문에 그랬는지, 지금 돌이켜봐도

생각나지 않는다.

······아니다, 지금까지 난 계속

혼자였다.

다만 인정하고 싶지 않았을 뿐.

그래서 혼자가 아닌 척,

많은 것들을 쓸어 모아 나 자신을 꾸며왔다.

혼자가 아닌 척 애쓰는 다른 사람들과

친구가 되었다.

즐거웠다. 웃고 울고 싸우고,

때로는 서로 상처를 입히기도 했다.

그리고 많은 시간이 흘렀다.

하지만 역시,

결국엔 혼자라는 사실을

깨달았다.

그래서 친구들과 떨어져 홀로 지내기로 했다.

쓸쓸함을 애써 모른 척하지 않고

부딪쳐보기로 했다.

그랬더니, 무슨 일이 일어났을까.

정말이지 놀랍게도, 정말이지 우습게도,

혼자가 되겠다는 생각은

내 머릿속에서만 일어난 일이었다.

아무도 나를 혼자 내버려두지 않는다.

모두가 모여들어

나를 도와주고 싶어 안달이다.

이상하게 들릴지 모르지만,

이건 비단 사람에게만 국한된 일은 아니다.

새들도 벌레들도 미생물들도,

혹은 바람도 태양도 다 그렇다.

게다가 내 안에 잠들어 있던 힘이

별안간 솟기도 한다,

귀찮아질 만큼.

그러면, 정말이지 이상하게도,

나 역시 늘 누군가를 떠올리게 된다.

누군가를 생각하며 화를 내거나

누군가에게 무언가를 기대하거나 실망하거나

그런 게 아니라,

(이제 혼자니까 그런 일도 일어나지 않지만)

누구누구는 지금 어떻게 지내고 있을까,

혹시 슬퍼하고 있는 건 아닐까,

잘 살고는 있을까,

자꾸만 그런 생각이 든다.

달리 말하면

내 욕심을 비우다보니,

타인의 행복에 마음이 쓰이게 된다.

이런, 어느새 난

나 자신에 대해서는 마음을 비우게 된 걸까?

으음……

그렇구나. 어쩌면……

혼자가 된다는 건 그런 것일지도 모르겠다.

나는 어쩌면 다른 사람이 나를 어떻게 볼까,

어떻게 평가할까,

그런 것에만 신경 쓰며 살아왔는지도 모르겠다.

혼자가 아니었기 때문이다.

혼자가 되는 걸 두려워했기 때문이다.

하지만 혼자가 되는 걸 두려워하지 않기로

결심한 순간,

그런 것들이 홀연 사라진다.

정말이지 눈 깜짝할 사이에, 어느 날 갑자기.

그랬더니, 정말이지 이제는……

마음이 너무나 가뿐하다.

……마음이 너무나 가뿐하다……

아, 이런 표현밖에 떠오르지 않다니,

이런 내가 싫다, 정말 싫지만,

그래도 사실은 뭐랄까,

마음이 무중력 상태가 된 것 같다.

지금까지 생각해본 적 없지만, 여태껏 나는

묵직한 쇠사슬에 묶여 지냈던 건 아닐까.

그리고 그 사슬은 나 스스로

열심히 엮어 만든 것 같기도 하다.

그렇다면 원할 때 언제든

끊어버릴 수 있는 게 아닐까.

스스로의 힘으로.

하지만 역시 쓸쓸함은 남는다.

바로 옆에 오도카니.

아니, 쓸쓸하기 때문에

누군가에 대해 떠올리는 거야.

아마 죽을 때까지

이 쓸쓸함은 사라지지 않겠지.

그런데,

작고

쓸쓸한 생활,

어쩌면 이게 가장 나다운 삶이 아닐까,

자꾸 그런 생각을 하게 된다.

글을 시작하며

이 이야기는 어느 도시의 구석진 곳에서 몇 해 동안 남몰래 홀로 펼쳐왔던 모험을 다루고 있습니다.

시작은, 원자력발전소 사고가 났을 때, 절전이었습니다.

네, 절전, 그거 말입니다.

물론 처음에는 '모험'이라는 과장된 표현을 쓸 만큼 일이 커질 줄 몰랐지요. 편리한 생활에 젖어 살던 내가 어디까지 불편함을 감수할 수 있을까, 어디 한번 해보자, 그런 가벼운 마음으로 시작한 일이었습니다.

그런데 웬걸, 생각지도 못한 방향으로 상황이 흘러가지 뭡니까.

무슨 말인고 하니, 가전제품에 파묻힌 삶을 돌아보면서 부딪치게 되는 크고 작은 문제들을 해결해나갈 때마다, 새로운 나, 한 뼘 성장한 나, 주위에 휘둘리지 않는 나, 세상에, 그런 나로 다시 태어나게 됐던 것입니다!

어릴 때야 누구나 한 번쯤 그런 경험을 하게 마련이지요.

그런데 말입니다, 자랑은 아닙니다만 전 인생의 반환점을 지났다고 할 만한 어엿한 중년이거든요. 그렇다고 엄청난 재능이나 특별한 기술이 있는 중년도 아니고요. 그런 제가, 절전을 하면서, 단지 그것만으로, 『드래곤볼』에 나오는 슈퍼사이어인처럼 진화를 거듭하고 있다는 거죠.

이러니 제가 어떻게 그만둘 수 있겠습니까?

저는 결국, 전기를 쓰는 생활을 거의 졸업하다시피 했습니다.

그뿐만이 아니에요. 가스도 끊고 수돗물도 아주 조금만 쓴답니다. 그것 말고도 옷이나 화장품까지 모든 걸 최소한으로 줄였습니다. 하다하다 회사까지 그만두었지요.

그리고 저의 도전은 아직도 진행형입니다. 어느새 정신을 차려보니, 더 내려놓을 게 없을까 늘 두리번거리는 내가 있습니다. 무언가를 내려놓을수록 저는 더욱 단단해지고 더욱 자유로워지기 때문입니다.

어쩌면 엄청난 광맥을 찾아낸 것인지도 몰라, 그런 반신반의 속에 저는 오늘도 부지런히 주변을 정리하고 있습니다.

아아, 오해하지 마시길. 다른 분들에게 저와 같은 극단적인 생활을 해보라고 강요하고 싶은 마음은 추호도 없습니다. 다만 한가지, 이것 하나만큼은 마음 한구석에 담아두고 잊지 않았으면 좋겠습니다.

지금 세상은, 막다른 골목에 다다른 느낌입니다. 다들 그렇게 말합니다. 경기가 안 좋다, 인구가 줄고 있다, 빈부 격차는 심해지기만 한다, 어디를 보아도 사방이 꽉 막힌 느낌이다.

그런데 저는 홀로, 그래서, 뭐 어쩌라고, 그런 건방진 마음으로 살고 있습니다. 여전히, 세상을 버려선 안 되는 것이라고 마음 깊은 곳에서부터 생각하고 있습니다.

내가 변하면 세상이 변한다는 것을 나의 몸으로 체험하고, 누구보다 나 자신에게 놀라면서 말이지요.

차례

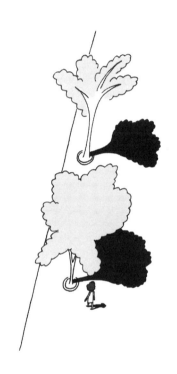

1.

원자력발전소 사고가
시작이었다

(새로운 세계로 나아가다)

꿈꾸어왔던 것과는 동떨어진 세계

참 이상한 일도 다 있다.

출발점은 원자력발전소 사고였다. 그 참사를 지켜보면서, 원자력발전소 없이도 우린 잘 살 수 있지 않을까, 문득 그런 생각이 떠올라 절전을 시작했다. 반신반의하면서 가전제품을 하나씩 처분하다보니 멈출 수 없었다. 냉장고, 세탁기, 텔레비전을 버리고, 결국에는 회사원이라는 지위도 버리고, 준공된 지 오십 년 가까이 된 원룸 맨션으로 이사한 후 오늘에 이르렀다.

그런 나는 지금 어떻게 지내고 있을까.

전기세는 한 달에 150엔, 옷과 구두는 그 유명한 프랑스인만큼만 갖고 있고,* 더위와 추위는 그냥 견디고, 집안일은 오직 내 몸과 시행착오로 버티고 있다. 식사는 휴대용 가스버너로 지은 밥, 국, 소금에 절인 야채로 해결한다. 가스도 끊어버렸기 때문에 이틀에 한 번 목욕탕 가는 것이 가장 큰 오락거리가 되었다.

그런 독신이다.

내가 벌인 짓이지만, 어느새 미지의 땅에 표착해버린 느낌이다.

솔직히 얼마 전까지만 해도 이렇게 될 줄은 몰랐다. 고도성장기에 나고 자라 좋은 학교, 좋은 직장, 좋은 삶이라는 '인생 게임'을 아무런 의구심 없이 받아들였고 오로지 앞만 보며 달려왔다.

내게도 꿈꾸던 이상적인 삶이란 것이 있었다.

그럭저럭 괜찮은 수입……

한적한 주택가에 위치한 세련된 느낌의 볕 잘 드는 널찍한 집에는 작은 정원이 딸려 있고……

앤티크 가구들을 모아놓고 친한 친구들이 찾아와 "집 너무 멋

---

* 『프랑스인은 옷이 열 벌밖에 없다』라는 책이 일본에서 베스트셀러가 되었다.

있다"라고 칭찬해주면 "호호호" 하고 자연스레 웃어넘기고……

인생의 동반자인 사랑스러운 반려동물을 키우고……

나이를 먹어도 멋을 부릴 줄 알고……

가끔은 예쁘게 차려입고 나가 디너 코스를 천천히 음미하며 삶을 즐기는……

아아, 내가 써놓고도 식은땀이…… 대체 어디서 이런 이미지를 끌어모아 머릿속에 담아두고 살았는지.

지극히 평범한 월급쟁이 집안이었던 우리 집은 말할 것도 없고, 그렇게 사는 사람을 내 눈으로 본 적이 한 번도 없다. 현실감이라곤 요만큼도 없는, 잡지에서 엿본 연예인들의 반짝반짝 빛나는 생활을 제멋대로 재구성한 각본인 셈이다.

하지만 정보 사회의 각인 효과는 생각보다 큰 영향력을 행사하는 모양이다. 흐릿한 신기루 같은 '꿈'인데도, 아무런 의심 없이, 마치 자명한 일처럼, 그런 생활을 꿈꾸는 게 당연하다 여기며 살아왔다.

아무렴요, 그래서 열심히 일했다마다요! 회사에 매달렸다마다요! 옷과 가구와 식기를 마구마구 사 모았다마다요! 하 좋은 시

절 운까지 따라줘서, 모든 게 꿈대로 실현된 것까진 아니었지만 적어도 내 삶은 조금씩 나아지는 듯 보였다.

그런데 인생 후반전에 들어서자 완벽한 궤도 이탈이 시작되었다. 그리고 어느덧 정신을 차려보니, 내가 꿈꾸던 이상에서 1만 광년쯤 떨어진 채 서 있는 내가 보였다.

대지진이 발생한 날

모든 것은 2011년 동일본 대지진, 그날로부터 시작되었다.

당시 내 책상은 아사히신문 오사카 본사 편집국장실 구석 자리에 있었다. 직책은 '지역뉴스 디렉터'. 판매 저조와 수익 격감에 허덕이는 회사를 위해 지사 인원을 감축하는 것이 내 임무였다. 한마디로 구조조정의 첨병인 셈이었다. 그리고 나는 그 역할을 수행할 생각은 털끝만큼도 없었기에, 매일 딴짓만 하고 있었다.

아니, 그런 건 아무래도 좋다.

아무튼 그때 난, 편집국 중추인 국장실에 있었다.

신문사의 오후 시간은 석간 마감을 끝내고 하루 중 가장 늘어지는 때이다. 국장실 텔레비전에서는 아무도 보지 않는 한낮의 국회 공방 중계방송이 하염없이 흘러나오고 있었다.

그런데 당시 낙엽처럼 우수수 인기가 떨어지고 있던 간 나오토 총리의 답변과 그를 향해 쏟아지던 야유가 느닷없이 멈췄다. 무슨 일인가 궁금해할 새도 없이 오사카 본사 빌딩이 흔들리기 시작했다.

예사롭지 않다. 모두가 그렇게 생각했다.

오사카 본사에는 1995년 한신 아와지 대지진을 경험한 기자들이 많았다. 그때 일이 뇌리를 스치지 않은 기자는 아무도 없었을 것이다. 고베에 살았던 나 역시 끔찍했던 기억이 되살아났다. 온몸이 긴장으로 뻣뻣해졌다.

그러나 그때 내 머릿속에는 원자력발전소의 '원' 자도 떠오르지 않았다.

솔직히, 지진 열도 여기저기에서 원자력발전소가 가동되고 있다는 사실을 진지하게 고민해본 적이 없었다. 아니, 원자력발전소가 어디에 얼마만큼 있는지조차 몰랐다.

그 후 일어난 일들은 평생 잊을 수 없을 것이다.

편집국 간부들이 모여 후쿠시마 제1원자력발전소 수소폭발 영상을 아연실색 바라보던 그때를. 이제 어떻게 되는 걸까요, 누군가의 한마디가 공허하게 맴돌고, "모르지……"하는 대답만이 돌아오던 그때를. 원자로 상황이 악화일로로 치닫고 매일 아침 간부회의에서 모두가 굳은 얼굴로 입을 다문 채 그저 망연자실했던 그때를.

뉴스의 중추에 있던 우리조차 그랬다.

아무것도 몰랐다. 오로지 두려웠다. 두려움과 불안에 짓눌려 금방이라도 터져버릴 것만 같았다.

개인적 차원의 탈원전 계획

그러나 한편 나는, 단순한 불안을 넘어, 무언가 복잡한 감정에 맞닥뜨렸다.

말도 안 되는 이 사태는 대체 누구의 책임인가.

어쩌면, 혹시 그 속에 나도 포함되어 있는 것이 아닐까.

신문기자 생활을 하면서 딱 한 번, 원자력발전소 문제를 접한 적이 있었다. 다카마쓰 지국에서 일하던 2년차 때의 일이다.

에히메 현에 있는 이카타 원자력발전소에서 국내 최초로 '출력 조정 실험'이 시행되는 소동이 벌어졌다. 원자력발전소에서는 정해진 양의 전기를 하루 종일 만들어내므로 수요가 적은 밤중에는 대량의 전기가 남아돈다. 그걸 쓰지 않고 버리는 게 아깝다며 출력을 조절하는 실험을 한다는 것이었다.

이에 원자력발전소 반대파가 실험의 위험성을 근거로 항의에 나섰다.

다카마쓰에 있던 시코쿠전력 본사로 전국에서 수천 명이 모여들어 떠들썩하게 시위를 했다. 한 선배 기자는 학생운동의 추억을 곱씹으며 "데모를 보는 게 몇 년 만이야"라며 흥분한 표정이었지만, 그 지역 주민들은 갑자기 나타난 이질적인 히피 집단을 곱지 않은 시선으로 바라보았다.

'외지 사람들이 몰려와 감 놔라 대추 놔라 시끄럽기는……'

그런 시선.

나도 솔직히 말해서 싫었다.

우리의 기술력은 믿을 만하다, 사고 가능성을 따지기 시작하면

한도 끝도 없다. 원자력발전소 없이 어떻게 지금 같은 편리한 생활을 누릴 수 있겠나. 당시만 해도 그런 분위기였다. 원자력발전소 반대는 일부 괴짜들의 비현실적인 주장이며 촌스러운 뉴스거리였다.

실험이 무사히 끝나자 나는 내심 시원해했다. 시위 기사를 적당히 써서 넘기고 바로 본업인 경찰서 출입 기자로 복귀했다. 새벽이나 심야에 형사 집에 쳐들어가 은폐된 사건은 없는지 캐묻고 다녔다. 그것이 회사가 기대하는 특종 경쟁이자, 나에 대한 평가를 높이는 길이었다. 원자력발전소를 둘러싼 수많은 모순들에 대해서는 그 후 단 한 번도 파고들 생각을 하지 않았다.

눈앞에서 중대한 일이 벌어지는데도, 코앞에 힌트가 주어졌는데도, 사람들 장단에 맞춰 적당히 잔꾀를 부리느라 바빴던 나는 아무것도 보지 못했다.

그랬기 때문에 원자력발전소 폭발 영상을 보았을 때, 표현할 길 없는 감정이 끓어올랐다.

큰 사고가 터지면 언론은 무조건 "책임자가 누구야, 나와!" 하는 논조로 추궁한다. 두 번 다시 같은 사고가 발생하지 않으려면 반드시 필요한 절차이긴 하다. 하지만 내게 그런 말을 할 자격이 있기는 한 걸까.

'안전 신화'에 안주하고 전기가 주는 편리함에 젖어 사느라 차고 넘치는 경고를 우습게 보았다. 하찮것없는 내 이익만 추구하느라 마땅히 했어야 할 일을 하려 들지 않았다. 그런 내가 무슨 낯짝으로 '책임 추궁'을 할 수 있겠는가. 그런 과거를 안은 채 언론에 종사하는 것 자체가 얼굴이 달아오르는 일이었다.

그러나 나 하나 책임지고 회사를 그만둔들 뭐가 달라지겠어, 이번엔 그런 옹졸한 변명이 마음 깊숙한 곳에서 고개를 들었다. 나에게 제일 중요한 건 역시 나였던 것이다.

그래도 최소한의 양심이라는 게 없진 않았던 걸까.

이미 버스는 지나가버렸지만, 지금 와서 한심하고 촌스럽게 무슨 짓이냐는 말을 들을지언정, 무언가 해야만 했다.

먼저, 가면을 벗고 민낯을 드러내야 한다. 그다음 뻔뻔스럽다는 비판 따위 아랑곳하지 않고, 지금까지와는 전혀 다른 생각을 세상에 태연히 드러낼 수 있어야 한다.

그러기 위해서는 무기가 필요했다. 나를 새로이 무장해줄 무언가가 필요했다.

그래서 생각해낸 것이 '개인적 차원의 탈원전 계획'이다.

내가 전기를 사서 쓰던 간사이전력은, 후쿠이 현에 즐비한 원자력발전소에서 전기의 반을 공급받는다. 아무런 의식 없이, 고마운 마음 없이 살아왔지만 내 '편리하고 쾌적한' 삶은 원자력발전소의 위험을 감수하며 사는 후쿠이 현 주민들에게 전적으로 기대고 있었다. 원자력발전소를 반대하려면 지금까지의 내 삶을 뿌리째 재점검해야 했다.

원자력발전소 없는 삶이 정말로 가능할까?

지금까지 누려왔던 '편리함과 쾌적함'을 버리고도 살아갈 수 있을까?

일단 손에 넣은 것들을 버린다는 게 과연 가능할까? 불편한 생활을 편리한 생활로 바꾸는 건 쉽지만, 일단 시작된 편리한 삶을 버린다는 건 아무리 생각해도 쉬운 일이 아니었다.

그러나 입으로만 떠들어본들 아무런 설득력이 없다.

그래서 내가 먼저 실천해보기로 했다. 아니, 그것 말고는 할 수 있는 일이 떠오르지 않았다.

지금 내가 쓰고 있는 전기량에서 원자력발전소 공급량을 뺀 만큼으로, 전기 소모를 줄이자. 그곳에 무엇이 기다리고 있을지, 어디 한번 가보자.

돌이켜보면 한 치 앞도 내다볼 수 없는 상황이었다. 그러나 이 단순한 결의가 내 인생을 송두리째 뒤흔들었다.

길고 긴 여정의 시작이었다.

출발부터 벽에 부딪치다

기백 있게 '계획'을 세운 것까지는 좋았다. 하지만 원자력발전소 없는 생활, 즉 전기 사용량을 반으로 줄여 산다는 건 정말이지 쉬운 일이 아니었다. 내 계획은 시작과 동시에 좌초되었다.

만약 내가 그때까지 전기를 함부로 쓰는 생활을 해왔더라면 그리 어려운 일이 아니었을지도 모르겠다. 예를 들어 에어컨, 전기밥솥, 전기포트 같은 것들을 하루 종일 사용하는 집이었다면 쓰지 않을 때마다 선을 뽑는 것만으로도 전기 사용량을 상당히 줄일 수 있었을 것이다.

그러나 내 생활은 그렇지가 않았다.

원래 냉방을 싫어하는지라 에어컨은 장식품이었지 여름에도 켜는 일이 드물었고, 밥은 압력밥솥으로, 청소도 빗자루와 걸레로

했기 때문에 전기밥솥은 물론 청소기도 없었다. 전기포트는 여태 껏 사본 적이 없다. 화장실 비데와도 인연이 없었다.

당시 내가 가지고 있던 가전제품 목록은 이렇다.

텔레비전

냉장고

세탁기

전자레인지

푸드 프로세서

드라이어

에어컨

다리미

전등

미니 컴포넌트

고타츠[*]

전기카펫

---

[*] 상 아래에 전열기구가 달려 있고 그 위에 담요를 덮어 겨울을 나는 일본의 난방기구.

전기담요

혼자 살다보니 일반 가정보다 가전제품이 훨씬 적다. 계절에 따라 달라지기는 했지만 한 달 전기요금이 대체로 2,000엔가량. 여기서 반으로 줄이는 것은 말 그대로 마른 걸레를 쥐어짜는 일이었다.

그렇다고 순순히 물러날 수는 없다. 목표는 전기요금 1,000엔 이하로 줄이기. 만약 내가 이 어려운 목표를 달성할 수만 있다면 누구나 전기요금을 반으로 줄일 수 있지 않을까?

그래, 아무리 험난한 역경이어도 좋다!

그런 생각을 하며 나 혼자 파이팅을 외쳤다.

마른 걸레를 쥐어짜다

저, 정말 애썼거든요.

우선 전기를 부지런히 껐다.

그리고 대기전력을 줄이기 위해, 사용하지 않을 때는 텔레비전과 컴포넌트의 코드를 뺐다.

누가 보는 것도 아니고 칭찬해주는 것도 아니어서 화려한 성취감을 느끼진 못했다. 귀찮은 마음을 억누르고, 전원을 끄면서 동시에 코드 뽑는 습관을 들이려고 고군분투할 뿐이었다.

그중에서도 제일 힘들었던 건 욕실 환기팬 돌리는 시간을 대폭 줄이는 일이었다.

원래 우리 집에선 이십사 시간, 욕실 환기팬을 돌렸었다. "창문 없는 욕실은 환기를 잘 해야 곰팡이가 슬지 않는다"는 아버지의 지론 때문이었다. 아무리 그래도 이십사 시간은 너무한 게 아닐까, 그 습관만 고쳐도 상당한 절전 효과를 볼 수 있을 것 같았다.

그렇다고 욕실에 곰팡이가 슬게 한다면 말이 안 되지.

궁리 끝에, 목욕이 끝난 다음 바로 수건으로 구석구석 물기를 닦기로 했다. 차가운 타일에 둘러싸인 채, 벌거벗은 몸으로 벽에서 바닥까지 닦는 일은 정말이지 쓸쓸한 작업이었다. 물론, 다른 사람에게는 절대 보여줄 수 없는 모습이기도 했고.

나는 그렇게 매일매일 노력했다. 말 그대로 '인고의 절전'이었다.

다음 달이면 절반으로 줄어들 전기요금이 유일한 마음의 위안

이었다. 이렇게까지 애를 썼는데 아무럼 효과가 있겠지. 1,000엔 이하로 나오면 어쩌지?

그런데 웬걸.

기다리고 기다리던 4월 전기요금. 두근두근 청구서를 펼쳤는데 전기요금이 줄기는커녕 미묘하게 올라 있었다.

아아, 그때의 충격이란…… 눈물 나도록 처절했던 그것은 다 무엇을 위한 노력이었단 말인가!

고노스케 님의 남다른 발상

곰곰이 생각해보면 환기팬 소비전력이라는 게 거기서 거기였을 것이다. 그보다는 봄에서 초여름으로 넘어가는 환절기에 기온이 오르면서, 냉장고 소비전력이 자동적으로 상승한 게 전기요금을 많이 나오게 한 요인이 아니었을까.

그러나 당시에는 이렇게 냉정하게 분석할 마음의 여유 따위가 없었다. '내가 얼마나 애썼는데!' 하는 생각이 충격에 충격을 더할 뿐이었다. 시작하자마자 의욕이 꺾일 것만 같았다. 이런 방식으로는 아무리 애써본들 전기요금을 반으로 줄이겠다는 목표를 도저히 달성할 수 없었다.

　이렇게는 안 되겠어. 근본적으로 발상을 바꿔야 해.

　하지만 뭘 어떻게 바꿔야 하는 거지?

　당시에는 절전이 유행이었기 때문에 검색만 해봐도 다양한 절전 방법을 소개하는 페이지를 찾을 수 있었다. 하지만 대부분 '꼼꼼히 에어컨을 끈다'는 식으로 이미 내가 실천하고 있는 방법들뿐이었다. 절전 방법을 인터넷으로 찾다니, 인터넷도 전기를 쓰는 거잖아, 그런 자괴감이 드는 순간도 있었다.

　하지만 그런 모순을 애써 모른 척하고 폭풍 검색을 하던 어느 날, 드디어 나의 노력이 보상을 받는 날이 찾아왔다.

　'파나소닉'의 창업자인 마쓰시타 고노스케 씨의, 평범한 사람과는 차원이 다른 화려한 경영철학을 소개하는 사이트에 이런 일화가 소개되어 있었다.

　'마쓰시타전기(현 파나소닉)'가 경비 절감을 위해 '전기요금을 10퍼센트 줄이자'는 목표를 세웠다. 좀처럼 그 목표를 달성하지 못하자 간부들이 모여 이러쿵저러쿵 머리를 맞대고 있을 때, 고노스케 씨가 한 말.

"알겠습니다. 그럼 목표를 바꾸죠. 10퍼센트가 아니라 50퍼센트 절감으로 바꿉시다."

뭐라고, 라는 반문이 튀어나왔을 것이다. 10퍼센트를 달성하지 못한다면 우선 현실적으로 그 절반인 5퍼센트로 하향 조정하자는 게 일반적인 발상이다. 그런 것이 어른의 지혜이기도 하고. 그런데 뭐라고? 10퍼센트도 달성하지 못하는데 반으로 줄이겠다니, 그게 어떻게 가능해?

고노스케 씨, 이제 운이 다하셨나……?

그런데 평범한 사람의 쪼잔한 지혜를 뒤집는 발상이야말로 고노스케 님을 고노스케 님답게 하는 비결이다.

10퍼센트를 줄이기 위해 생각해낼 수 있는 걸 생각해내 열심히 실천해봐야 결과는 뻔하다. 하지만 50퍼센트라면 발상 자체를 근본적으로 바꿔야 한다. 그리고 그제야 비로소 10퍼센트라는 목표를 달성할 수 있다.

그렇지! 내게 정말 필요한 것은 '발상의 근본적 전환'이었다.

당시 내 목표는 '전기요금 반으로 줄이기'였다. 그렇구나, 반으로 줄이기를 목표로 하는 한, 결코 반으로 줄일 수 없는 거구나.

고노스케 씨라면 어떻게 할까……

그때, 머릿속에서 아이디어가 번뜩였다.

반으로 줄이기가 아니라 '완전히 없애기'. 나는 그걸 목표로 해야 하는 게 아닐까.

완전히 없애기, 다시 말해 '전기가 없다'고 전제한다면 어떨까. 있는 걸 줄이는 발상이 아니라, 원래 없는 것으로 생각을 전환하는 것이다. '전기는 없다'고 여기고 살자. 그러다 도저히 안 되겠다 싶을 때, 필요한 만큼만 쓰자.

이렇게 생각한 순간부터 나는 그때까지와는 완전히 다른, '새로운 세계'에 살게 되었다.

어둠 속의 빛

그것은 어떤 세계였을까.

우선 집안 콘센트에서 코드를 죄다 뽑았다. 텔레비전, 컴포넌트, 전자레인지, 모두 다. 냉장고를 제외한 가전제품 코드를 전부

뽑은 것이다.

앞으로는 이 상태가 나의 집의 기준이 될 것이다. 나는 이 출발
선에 서서, 하나하나 결정해야 한다.

'없는' 전기를 특별히 얻어 쓰는 셈이니, 조목조목 따져 정해두
어야 한다. 짜증지수가 최고조에 달하더라도 비좁은 틈에 팔을
뻗어 코드를 꽂으면서까지, 나는 텔레비전을 꼭 봐야만 하는지.
전기를 꼭 켜야만 하는지. 전자레인지를 꼭 사용해야만 하는지.

그날 밤부터 내 세상은 완전히 달라졌다.

무엇보다 엘리베이터. 전기는 '없는 것'이니, 상자에 불과한 그것
이 움직일 리 만무하다. 움직이지 않을 상자의 버튼을 누르고 싶
은 마음은 생기지 않는다. 집에 돌아오면 곧장 계단으로 향한다.
오 층까지 부지런히 내 다리로 걸어 올라간다.

그리고 열쇠를 딸깍, 돌려 집 안으로 들어간다.

혼자 살고 있으니 당연히 집 안은 어둠에 싸여 있다.

예전 같으면 곧바로 불을 켜겠지만, '전기'가 없으니 당연히 그

런 일은 일어나지 않는다.

일단 현관에 서서 눈이 어둠에 익숙해질 때까지 기다린다.

이 얘길 하면 다들 웃는데, 솔직히 웃기려고 하는 말이 아니다.

해보면 안다. 놀랍게도, 전기를 켜지 않아도 지낼 만하다는 것을. 빛이라는 게 반드시 어딘가에는 존재하고 있어서 시간이 조금 지나면 어렴풋이 실내가 보인다.

가로등, 달빛. 이 빛들은 생각보다 강력하다. 이제껏 느껴보려고도 하지 않았던 그 빛들이 어둠 속에서 갑자기 모습을 드러낸다.

이제 천천히 구두를 벗고 집 안으로 들어간다.

이쯤 되면 내 눈은 이 정도의 빛에 완전히 익숙해져 있다. 옷을 갈아입고 볼일을 보고 목욕을 하고.

전기를 쓰지 않고도 상당히 많은 일들을 할 수 있다.

아니, 욕실을 쓸 땐 오히려 마음이 더 평온해진다. 생각해보니 볼일 보는 자기 모습을 뜯어보고 싶은 것도 아닐 텐데, 왜 다들 휘영청 불을 밝히는지 모르겠다. 은은한 빛에 싸여 욕조에 들어앉아 있으면, 고급 온천여관이 따로 없다.

그리고 열쇠를 딸깍, 돌려 집 안으로 들어간다.
일단 현관에 서서 눈이 어둠에 익숙해질 때까지 기다린다.

새로운 세계가 펼쳐지다

그리고 텔레비전. 텔레비전은 그 자리에 있다. 꿈쩍도 않고 바로 그 자리에. 하지만 코드는 뽑힌 상태다.

그래서 일단 이렇게 자문한다. '보고 싶은 프로그램이 있긴 있는 거야?'

곰곰이 생각해보니, 혼자 살기 시작한 이후 처음으로 이런 질문을 내게 던졌다. 이때까지 줄곧, 변함없이, 집에 오면 무조건, 보고 싶은 프로그램이 있든 없든 텔레비전 전원을 켰다.

들어오자마자 버튼 꾹, 완전 자동으로.

왜 그랬을까?

어쩌면 텔레비전은 무언가를 '채워주는' 존재였는지도 모르겠다. 버튼만 누르면 화려하고 자극적인 영상을 끊임없이 보여주는 마법의 상자. 이 상자는 인생에 늘 따라오기 마련인 고독을 잊게 해주고, 일과 인간관계에서 힘들었던 일들을 잊게 해주는, 반려동물 혹은 가족 같은 존재였다는 생각이 든다.

그러나 아주 당연한 얘기지만, 텔레비전은 살아 있는 동물이 아니며 가족은 더더욱 아니다. '전기가 없다'고 생각하는 것은 그런 환상으로부터 나 자신을 떼어내는 일이기도 했다.

처음엔 안절부절못했다. 있어야 할 게 없는 것 같은 쓸쓸함. 하지만 정말 보고 싶은 프로그램이 그렇게 많을 리 없다. 리모컨이라는 수단을 없애고 나니, 몇 걸음 걸어가 코드를 꽂아야 하는 데서 느껴지는 사소한 귀찮음이, 보고 싶다는 마음보다 더 컸다.

이렇게 아주 쉽게, 쓸쓸함이 사라졌다.

창밖에서 바람 소리, 풀벌레 소리가 들려온다. 이 집에 십 년 넘게 살면서 여태껏 느껴보지 못한 소리였다. '풍류'라는 게 바로 이런 거구나. 한자로는 風流, 말 그대로 바람의 흐름을 느끼면서 하루하루를 살기 시작했다.

그렇다, 무언가를 없애면 그곳의 모든 것이 사라지는 게 아니라 다른 세상이 펼쳐진다. 원래 거기 있었지만, 무언가가 있음으로 해서 보이지 않았던, 혹은 보지 않으려 했던 세계가.

바깥세상도 완전히 달라졌다.

회사에서도 백화점에서도 역에서도, 이제 나는 엘리베이터나 에스컬레이터를 이용하지 않고 걸어서 계단을 오르내린다. 전기는 '없는 것'이니까.

다들 같은 풍경을 바라보지만 나는 다른 세상을 본다.

두 계단씩 뛰어 올라가는 삶을 되풀이하다보면 숨이 차는 일도 익숙해지고 뼛속까지 단련이 되어가는 걸 실감할 수 있다. 이제는 내가 사는 지역 전체가 헬스클럽이다.

사람들은 길고 긴 줄 뒤에 서서 에스컬레이터를 이용한다.

계단은 텅텅 비어 있는데도.

다른 사람을 비웃자고 하는 말이 아니다.

나도 여태껏 그렇게 살았으니까.

대체 무엇이었을까?

난 어딜 향해 달리고 있었던 걸까.

2.

없어도 살 수 있다는
충격

(청소기, 전자레인지……)

루비콘 강을 건널 수 있을까

절전이란 무엇인가.

한마디로 정의하자면 애써 손에 넣은 것을 잃는 행위이다.

현대인의 가치관으로는 '패배'를 뜻한다. 자진해서 그런 짓에 뛰어들다니, 절전은 곧 인내이자 고난이며 금욕의 행위…… 누구나 그렇게 생각할 것이다. 하지만 앞서 말했듯이 내가 실제로 엿본 '절전 이후의 세계'는 그런 게 아니었다.

그야, 캄캄한 집 현관에 들어가 불도 켜지 않고 가만히 서서 눈이 어둠에 익숙해질 때까지 기다리는 게 괴상한 짓이긴 하다. 분명 정상은 아니다. 혼자 살지 않는다면 어떻게 그런 바보 같은 행동을 할 수 있을까. 그런데 괴상한 건 맞지만 싫지가 않다. 멍청한 짓처럼 보여서 얘깃거리가 되기도 하고. 금욕의 행위라기보다는 모험의 맛보기 버전이라고나 할까?

게다가 그 세계가 가난하고 처량한가 하면 또 그렇지가 않았다.

전기라는 '막'을 벗겨보니 어둠 속에서 어렴풋한 빛을 발견하기도 하고, 역 계단이 헬스장처럼 느껴지기도 하고, 소소하기는 해도 지금까지 숨겨져 있던 것들이 불쑥 바깥세상으로 튀어나온 느낌이다.

좀 놀라웠다. 사방이 벽으로만 느껴졌던 내 인생에 드물게, 밝고 소중한 사건이었다.

그래서 나는 차츰 이런 생각을 하게 되었다.

잘은 모르겠지만 어쩌면 '없는 것' 안에는 뭔가 다른 가능성이 펼쳐져 있는 게 아닐까.

지금까지의 인생에선 상상조차 하지 못했던 일이었다.

나는 두려움에 떨면서도 가전제품을 '버리는' 행위에 발을 들이기 시작했다.

……고 쉽게 말하기는 했지만, '절전'과 '가전제품 버리기' 사이에는 커다란 간극이 존재한다.

그 증거로 내 한 달 전기요금(150엔 정도)에는 다들 "대체 어떻게 절전하느냐"며 뜨거운 관심을 보이다가도, "가전제품이 없어서 그래. 다 버렸거든" 하는 말을 내뱉는 순간, 단번에 관심이 사라지는 소리가 들린다. 가전제품은 그만큼 현대인에게는 살아가는 데 없어서는 안 될 수족 같은 존재가 되었다.

최근 들어 인공지능의 발달이 화두가 되면서 언젠가 인간이 할 일이 사라질 것이라고 경종을 울리는 사람들이 늘었지만, 솔직히 뒷북치는 소리이지, 현대인의 신체 일부를 이미 기계(가전제품)가 대신하고 있지 않은가.

그러니 가전제품을 버린다는 건 '수족'을 버리는 일이다. 하려면 하고 말려면 말 수 있는 쉬운 일이 아니다.

그 높은 허들을 넘기 위해 필요한 것은 결국 용기다.

용자勇者가 아니면 루비콘 강을 건널 수 없으니까.

용자가 아니면 루비콘 강을 건널 수 없으니까.

청소기를 버리는 모험

용자란 모험을 이겨낸 사람들을 지칭하는 말일 것이다. 그렇다면 나는 분명 용자다. 소소한 모험을 체험했기 때문이다.

그건 바로 '청소기와의 결별'.

이야기는 십 년 전쯤으로 거슬러 올라간다.

어느 날 갑자기 친구가 내게 털어놓았다. "나, 청소기 버렸다." 뭐라고? 나는 진심으로 놀랐다. 대체 무슨 말이지?

자초지종을 물어보니 '단사리'*의 일환이라고 했다. 집착을 버리는 사고방식에 공감하고 많은 것들을 내다 버리는 중이라고.

그렇군. 집착을 버리는 게 중요하긴 하지. 그렇다고 사람이 청소를 안 하고 살 수는 없지 않나? 살다보면 방은 더러워지기 마련이고. 아무리 집착을 버린다지만, 청소기를 버리는 건 인간으로서 좀 너무한 게 아닐까. 그래서 나는 "청소기도 없이 어떻게 청소를 하니?"라고 반쯤 시비조로 물었다.

그러자 친구는 곧바로 "걸레 하나만 있으면 돼" 하고 대답했다.

---

* 斷捨離. 요가 수행법인 단행, 사행, 이행을 응용해, 들어오는 물건을 차단하고(斷) 집에 있는 물건을 버리고(捨) 물건에 대한 집착에서 벗어난다(離)는 개념.

걸레? 예상 밖의 대답을 들은 나는 서둘러 집 안 풍경을 머릿속에 그려보았다. 아, 카펫이 있었지! 아무렴, 그건 걸레로는 해결이 안 될걸? 그렇지만 이번에도 단번에 "빗자루가 있잖아" 하는 대답이 돌아왔다.

비, 빗자루?

지금 시대가 어떤 시댄데 하는 마음으로, 놀랍기도 하고 어이없기도 했다. 그러면서도 그 대담한 행동을, 절대 있을 수 없는 일이라고 부정할 수 없었던 건 왜일까.

청소가 아니라 청소기를 싫어했던 거예요!

난 원래 집안일을 잘하는 인간이 아니다. 그중에서도 제일 못하는…… 아니, 분명하게 말하자, 제일 싫었던 게 청소였다. 창피함을 각오하고 고백하자면, 평일은 물론이거니와 주말에도 청소를 미루는 일이 종종 있었다.

깔끔히 청소를 해버리면 쾌적하다는 건, 물론 안다. 정말로 기분이 상쾌해진다는 것을. 아아, 청소하길 잘했어. 그렇지만 방에 먼지가 쌓이고 머리카락과 작은 먼지가 눈에 띄기 시작하면 아아, 청소해야 하는데, 정말 해야 하는데 하면서도, 몸이 도저히 따라주지 않는다.

돌이켜보니 그런 날들을 몇 년이나, 아니 몇십 년이나 반복해왔다. 그런 내가 나도 싫었다. 그런데 친구에게서 청소기가 없어도 청소할 수 있다는 말을 들었을 때, 해묵은 콤플렉스에 한줄기 빛이 비쳐든 느낌이었다.

어쩌면, 혹시 어쩌면…… 나도 청소를 잘할 수 있지 않을까? 알고는 있다. 책임을 청소기에 전가해버린 것을. 손으로 청소해본 적도 없으면서 뻔뻔스럽게. 하지만……

다시 내 마음속을 들여다본다. 나는 왜 청소를 싫어할까.

이제 슬슬 청소를 해야 한다고 생각한다.

그러려면 우선 청소기를 꺼내야 하고……

그렇다, 바로 이 단계에서 바람 빠진 풍선처럼 의욕이 쭈그러들어버리는 것이다! 청소기를 넣어둔 선반 문을 열고, 무거운 청소기를 질질 끌어내는 모습을 상상만 해도 엉덩이가 무거워진다.

그럼에도 어찌어찌 청소기를 꺼냈다고 치자.

하지만 시련은 단번에 끝나는 법이 없다! 코드를 드르륵드르륵 뽑아 콘센트에 꽂고 무거운 청소기를 질질 끌고 다니면 문틈과 가구마다 줄이 끼이고 본체는 문턱에 걸려 덜컹덜컹 넘어지고, 그러다 줄이 끝나면 모든 작업이 멈춘다. 그러면 전원을 끄고 다른 콘센트에 코드를 꽂고…… 가만 생각해보니 나는 이 모든 순간에 울컥했던 것이다. 청소라는 것은 처음부터 끝까지, 무엇 하나 즐겁지가 않았다.

그 작업에 존재하는 것이라곤 단지 깨끗하게 해야 한다는 의무감뿐. 집안일이니 당연히 해야지, 집안일이라는 게 원래 꾹 참고 하는 거지, 라고 줄곧 믿어왔다.

이러니 게으름을 피울 수밖에.

그래서 "걸레와 빗자루"라는 말을 들었을 때, 어떤 이미지 하나가 번뜩이며 머릿속을 스쳐갔다. 빗자루로 스윽 먼지를 모은다. 손으로 뽀득뽀득 바닥을 닦는다. 그건 어쩌면 일종의 쾌감이 아닐까?

흠, 해본다고 손해 볼 건 없지.

이리하여, 근처 잡화점에서 메이드 인 베트남 작은 빗자루와 알

루미늄 쓰레받기를 발견하자 덥석 집어들게 되었다. 디자인이 소박하면서도 세련된 게 수납장에 넣어두기 아까워 부엌 스틸 선반에 끼운 S자 훅에 걸었더니 제법 앙증맞고 귀여웠다. 눈에 띄지 않는 곳에 숨겨둔 청소기와는 하늘과 땅 차이였다.

걸레는 초등학교 때를 떠올리며 낡은 수건을 접어 바느질했다. 몇십 년 만의 작업에 이유 없이 마음이 들떴다.

그래서 어찌 되었냐고요?

세상에 이런 일이! 믿을 수 없게도 제가 깔끔이가 되었답니다!

마룻바닥을 걸레로 닦는 일은 일종의 마음 수양이다. 바닥이 반짝반짝 빛나면 내 마음도 반짝반짝 빛난다…… 라며, 꼭 스님 같은 생각을 하게 되었다.

그리고 청소가 '엄청난 일'이 아니게 되었다. 먼지를 발견하면 곧바로 빗자루와 쓰레받기를 집어와 쓱쓱 모은다. 생각해보니 늘 대청소를 할 필요는 없는 거니까. 이 정도면 귀찮을 일이 전혀 없다.

이렇게, 반백 가까이 살면서 처음으로, 지금까지 인생에서는 있

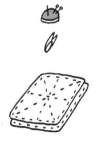

을 수 없었던 아름다운 방이 내 눈앞에 펼쳐졌다. 상상조차 할 수 없었던 일이다.

어릴 때부터 어머니에게 "방 좀 치워!"라는 잔소리를 끊임없이 들으며 자랐으면서도 결국 방을 치우지 못하는 인간이 된 나에게 씁쓸함을 느끼며 살아왔다. 인간으로서 뭔가 큰 결점이 있는 게 아닐까, 그렇게 생각했다.

그런데 이제……

"난 청소가 싫었던 게 아니라 청소기를 싫어했던 거예요, 어머니!" 하고 큰 소리로 외치고 싶다. 하하.

'없어도 살 수 있다'는 충격

나설 자리가 사라지자 청소기는 방구석에 처박힌 존재가 되었다. 그리고 어느 날 문득, 내 인생에서 이건 앞으로도 필요가 없지 않을까 하는 생각이 들었다.

결국 '청소기를 버리는 날'이 찾아왔다.

분리수거 날, 청소기를 들고 뒤뚱뒤뚱 맨션을 나와 폐품 버리는 곳을 향해 가던 그때를 평생 잊을 수 없을 것이다. 오랜 세월 내 마음을 괴롭히면서도 아플 때나 힘들 때나 변함없이 함께해준, 어찌 됐든 오래도록 신세를 진 청소기를 길가에 버리고 등을 돌려 걸음을 떼었을 때는, 마치 돌이킬 수 없는 잘못을 저지른 느낌이었다.

뒤를 돌아보니 청소기가 생각보다 훨씬 왜소하고 때가 타고 후줄근한 모습으로 어찌할 바를 모른 채 서 있었다. 마치 오랜 세월 알콩달콩, 아웅다웅하던 연인을 내다 버린 느낌이었다.

미안해, 정말 미안해, 하지만 되돌릴 수는 없어. 앞으로 난 새 인생을 살 거야. 이런 날 용서해줘······

그리고 분명 그날부터 내 인생은 새로운 방향을 향해 나아가기 시작했다.

'이게 없으면 못 살아' 하고 믿어 의심치 않았던 것이 없어도 살 만하다는 사실. 그것은 생각지도 못한 충격이었다.

아니, 냉정히 말하자면 무언가를 손에 넣는다는 것은 어쩌면 무언가를 잃는 것이었는지도 모른다.

만약 청소기를 평생 쓰면서 살았다면 나는 평생 '청소하기 싫다'는 생각을 하다가 죽어갔을 것이다. 하지만 나는 청소기를 버

미안해, 정말 미안해, 하지만 되돌릴 수는 없어.

림으로써 생각지도 못했던 내 안의 자원을 발굴하게 되었다.

'손에 넣는 것'이 아니라 '버리는 것'을 통해, 아무것도 없다고 생각했던 내 안에 뜻밖의 자원이 숨겨져 있었음을 알게 된 것이다.

전자레인지, 허들에 걸려 넘어지다

그렇다고 해서 바로 다음 가전제품을 버리려고 마음먹은 것은 아니었다.

청소기는 분명 '싫어하는 가전제품'이었다. 하지만 다른 것들은 있는 것이 당연하다 여기며 쓰던 물건이었다. 그야말로 '몸의 일부'였다. 그러니 버릴 이유가 없었다.

하지만 '개인적 차원의 탈원전 계획'을 마음에 품었는데, 그런 태평한 소리를 할 때가 아니다. 한번 뽑은 코드를 다시 꽂으면서까지 쓸 필요가 있을까, 끊임없이 자문했다. 다시 말해 이 새로운 허들을 넘을 수 없는 가전제품은 내 집에서는 살아남을 수 없을 것이다.

첫 번째로 이 허들에 걸려 넘어진 게 바로…… 전자레인지!

나로서는 예상 밖이었다.

뒤에도 자세히 썼지만 우리 집에서 전자레인지란 공기 같은 존재였다. 전자레인지라는 제품이 세상에 나오자마자 우리 집에 들어왔고, 사십 년이라는 세월 동안 요리의 제왕으로 부엌에서 군림하고 있었다.

그런데 손을 뻗어 코드를 꽂아야 한다는 하잘것없는 허들에 걸려 바로 넘어지고 말다니……

정신 차려, 전자레인지!

고작 이런 존재였던 거야?

정신 차리라고!

물건의 일이라지만 격려라도 해주고 싶은 심정이었다.

전자레인지 = 시계?

왜 이런 일이 일어났을까, 냉정하게 생각해보니 내게는 전자레인지의 주요 용도가 세 가지밖에 없었기 때문이다.

① 냉동 밥 해동

② 두부 물 빼기

③ 시계

이렇게 적고 보니 '문명의 이기'라고 부르기엔 미션이 너무나 하잘것없다. 그렇기는 해도 이 모두가 살면서 꼭 필요한 일들이다. 이걸 모두 스스로 해결하지 않으면 전자레인지를 버릴 수 없다.

우선 제일 크게 다가온 것은 시계 문제였다. 응, 시계? 시계가 아니라 전자레인지잖아요? 음, 알고는 있다. 그렇지만 내게는 절체절명의 문제였다. 왜냐하면 내 집 전자레인지에는 '시간 표시 기능'이 있었는데, 어쩌다보니 전자레인지가 집에서 유일한 시계 구실을 하고 있었기 때문이다.

그래서 코드를 뽑을 수가 없었다. 그랬다가는 시계가 사라져버릴 테니까. 코드를 뽑으면 전원을 켤 때마다 시간을 다시 세팅해야 한다. 그런 귀찮은 짓을 어떻게 하라고!

처음엔 '뺄 것인가, 빼지 말 것인가' 하는 문제로 오래오래 고민하다가 결국 빼지 못하고 보고도 못 본 척했다. 하지만 전기를 '없는 것'으로 생각하고 살기 시작하면서, 더 이상 예외를 둘 수는 없다는 결사의 각오로 눈을 질끈 감고 코드를 뺐다.

전자레인지 = 시계?

오랜 세월 푸른빛을 뿜던 시간 표시가 사라졌다.

나는 허둥지둥 근처 편의점으로 달려갔다. 건전지 수명이 다한 채 처박혀 있던, 이탈리아 여행 기념으로 산 시계의 건전지를 사기 위해서였다.

헉헉 숨이 찬 상태로 집에 돌아와 얼른 건전지를 넣었다.

오랫동안 멈춰 있던 귀염둥이 시계가 아무 일도 없었던 것처럼 째깍째깍 돌아가기 시작했다.

……이상입니다.

뭐야, 간단하잖아! 이렇게 단숨에 해결될 것을! 왜 그렇게 오래 고민했던 거야!

쓰지 않고 방치했던 나의 뇌

그래, 하면 된다.

알고는 있다. 그렇게 힘든 일이 아니라는 것을. 그저 건전지를 사러 갔을 뿐이다. 하지만 단지 그것만으로도, 나는 이전의 나와는 달라졌다.

알고는 있다. 너무 과장되게 들리리라는 것을.

하지만, 있으면 편리한 것들이 어느새 꼭 있어야 하는 것들로 변한 게 아닐까. 있는 것이 당연하다고 여기기 때문에, 아무리 사소한 것일지라도, 없어지는 게 두려운 것은 아닐까. 불안한 게 아닐까.

그 두려움과 불안을 극복하고 스스로 생각하고 행동하니(엄청나게 큰일을 한 건 아니었지만) 생각보다 어떻게든 되었다. 그 경험이, 마치 포스를 손에 넣은 제다이 기사라도 된 듯이, 나의 세계관을 완전히 바꾸어놓았다. 이건 거짓말이 아니다!

기세가 등등해진 제다이 기사는 이제 ①냉동 밥 해동 문제에 도전하게 되었다.

우선 떠오른 아이디어는 먹기 전날 냉동실에서 꺼내 해동한다. 하지만 이 방법으로는 밥알이 꺼끌꺼끌하고 찰기가 없어 도저히 먹을 만한 밥이 못 된다.

아, 그렇지! 찌면 되잖아! 찜기가 전자레인지를 대신한다고 생각하면 되지. 냉동 밥을 랩으로 싼 채 찜기에 넣고 가열하기만 하면…… 응? 생각보다 시간이 많이 걸리는군. 바깥쪽은 뜨거운데

랩 위로 눌러보니 안쪽은 여전히 딱딱하게 얼어 있다. 오 분은 족히 걸리겠어. 가스도 소중한 에너지인데 이게 과연 정답일까⋯⋯ 여기까지 생각하다가 문득 떠올랐다.

나⋯⋯ 바보 아냐?

냉동 밥을 찜기에 바로 넣을 건 또 뭐야. 다음 날 먹을 밥을 전날 밤 꺼내두고 그걸 찌면 되지!

당장 시도해봤다. 해동한 밥을 랩에 싼 채로 찜기에 넣고 몇 분 후.

⋯⋯정말이지 놀랐답니다.

얼마나 맛있던지! 밥알이 하나하나 살아 있어 촉촉하고, 찰기 있고, 살짝 부푼 게, 갓 지은 햇밥 같더군요.

나는 그 밥을 먹으며 한탄했다. 사십 년 이상 전자레인지를 써온 지금까지의 인생은 대체 무엇이었나. 몇백 번, 몇천 번이나 돌렸던, 살짝 말라버린 밥을 먹어온 내 인생⋯⋯

오, 문명의 진보란 과연 무엇이었던가.

진보는커녕 퇴보를 하고 있었던 건 아니었을까⋯⋯

편리함이란 무엇이었나

여기까지 해내면 ②두부 물 빼기 따위, 문제가 되지 않는다. 전자레인지에 두부를 돌려 물을 빼면, 하기야 시간은 단축된다. 하지만 전자레인지가 없어도 조금만 시간을 들여 접시로 눌러두면 된다. 시간이 없을 땐 더 무거운 접시를 쓰든가, 아니면 위에서 꾹꾹 눌러주든가.

이렇게 포스를 지니게 된 제다이 앞에서 코드가 뽑힌 전자레인지는 두 번 다시 켜지는 일이 없는 '상자'로 변했다. 그리고 드디어 전자레인지를 버리기로 한 분리수거 날. 길가에 뒤뚱뒤뚱 들고 나가 전자레인지를 버리고 나니, 부엌이 정말……

널—찍—하—다—!

집에, 그리고 내 마음에 새로운 바람이 불어오는 것 같았다.

왠지 내가 내 발로 꼭 딛고, 세상에 똑바로 선 느낌.
청소기를 버렸을 때와 같은 느낌.
내 안에, 이제 무슨 일을 해도 마음먹은 대로 되지 않는 중년을 맞이하고는 아아 내 인생이 결국 이렇게 끝나는구나, 그런 쓸쓸함을 곱씹던 내 안에, 아직도 잠재된 힘이 남아 있었다니.

지금까지 거의 쓰지 않았던 나의 뇌가, 삐걱삐걱 다시 작동을 시작했다.

아니, 솔직히 나의 뇌에 그런 기능이 있다는 사실조차 오랫동안 잊고 지냈다. 지금까지와 같이 모든 걸 돈과 물건으로 해결하려 들었다면 영원히 알지 못했을 힘이었다.

내 눈으로 보고 내 머리로 생각하고 내 손발로 해보려는 것.

어쩌면 세상은, 지금 그걸 '불편'이라고 부르는 건 아닐까.

그렇다면 '불편'이란 '삶' 자체다.

그렇다면 '편리'란 '죽음'일지도 모른다.

3.

겨울의 맛
(그리고 여름의 맛)

더위도 추위도 모두 인생

절전, 하면 피할 수 없는 게 더위와 추위 문제다.

이것은 가전제품 버리기와는 전적으로 다른 영역이다. 청소기니 전자레인지니 하는 것들은 '편리함'을 위해 만들어진 물건이다. 없으면 불편하지만 결국 없어도 그만이다. 없다고 아프거나 죽지는 않는다.

하지만 냉난방 기구는 엄연히 다른 문제다. 쾌적함과 불쾌함을 조절하는 수단이자, 경우에 따라서는 건강이나 생명과도 직결된다. 요즘 들어선 "억지로 참으면 열사병에 걸린다"며 에어컨 사용을 자제하는 행동에 충고의 목소리가 커지고 있다. '에어컨=목숨 줄'이라는 인식이 자리잡고 있는 것이다.

그런 탓에 내 생활을 아는 많은 사람들이 '올해는 폭염'이라는 뉴스가 나올 때마다 괜찮으냐고, 절대 무리하지 말라고 진지하게 걱정해준다.

정말 고마운 일이다.

그러나 난 이 문제를 졸업한 지 오래다.

분명하게 말하고 싶다. 걱정 붙들어 매시길.

에어컨과 난방 기구를 사용하지 않고 산 지 어언 육 년. 이제는 더위와 추위를 고통스럽게 느끼는 일이 거의 없어졌다. 그 때문에 몸이 아픈 적도 없다. 아니, 내가 생각해도 신기하지만, 냉난방을 그만두었더니 오히려 더위와 추위를 좋아하게 되었다. 인생에 없어서는 안 될 양념 같은 존재라고 생각하게 되었다고나 할까.

그야 나도 전에는 그렇지 않았다. 특히 추위를 잘 타는 편이라 혹한을 '증오했다'고도 할 수 있다.

그런데 어쩌다 이렇게 되었을까.

여름의 절전은 무사 통과

절전을 시작할 때, 사람들이 에어컨을 최대 공략 대상으로 삼는 까닭은 전력 소비량 때문이다. 자원에너지청에 따르면, 여름 한낮에 소비되는 가정 내 소비전력의 58퍼센트를 에어컨이 차지한다고 한다.

원전 사고 후 전국의 원자력발전소가 차례로 정지되면서 전력난에 허덕일 때, 이 사실을 아는 많은 사람들이 여름철 에어컨 사용 줄이기에 동참했다. 돌이켜보면 정말이지 엄청난 일이다.

대지진이 일어난 해, 유난히도 장마가 빨리 끝나고 6월 하순부터 전국 각지에서 폭염이 지속되는 가혹한 여름이 찾아왔다. 그런데도 편리함과 쾌적함에 익숙해져 있었을 상당수의 사람들이, 누가 강요한 것도 아닌데 묵묵히 스스로 절전을 실행했다. 이 일을 절대로 과소평가해서는 안 될 것이다. 그것은 자신을 위해서 한 일이 아니었다. 나의 불편함을 감수하면서까지 서로를 위해, 모두가 힘을 모아 원자력발전소 없는 여름을 나겠다는 의협심과 각오. 많은 사람들에게 그런 마음이 자연스럽게 있었다.

"참 대단하다"는 말은 바로 이럴 때 써야 하는 게 아닐까.

하지만 나에게 여름의 절전은 결코 대단한 일이 아니었다. 식은 죽 먹기라고 해도 좋을 만큼 쉬웠다.

에어컨의 냉기는 살을 찌르는 것 같은 특유의 고통을 안긴다. 우리의 냉방 기준은 더위를 많이 타는, 넥타이를 맨 회사원인 것일까. 전철과 영화관에서, "여기 시베리아 아님?" 하고 소리치고 싶은 순간이 한두 번이 아니었다.

대지진 이후, 공공기관에서 절전을 위해 적정온도를 높인 일은 나에게는 생각지도 못한 떡고물이었다. 온도가 약간 달라졌을 뿐인데 세상이 이렇게 살기 편해지다니 하는 마음에, 과장이 아니라 진심으로 감동했다. 동시에 "지금껏 그렇게까지 에어컨을 틀어놓은 건 대체 무얼 위한 것이었나!" 싶어, 복잡한 감정이 교차하는 여름이었다.

이러니 집에서 에어컨을 사용하지 않는다고 힘들 리가 없다. 게다가 평일 낮에는 회사에 나가고 휴일에도 너무 더울 땐 근처 카페에서 더위를 식히면 된다. 덕분에 카페 단골손님이 되었고 친해진 젊은 주인장이 케이크를 서비스로 내오기도 했다. 좋은 일만 있었던 여름이었다.

무언가를 견뎌냈다는 느낌조차 없이 여름 한철을 보냈다.

못 들어봤거든요, 겨울의 절전

그런데! 거뜬히 여름을 넘기고 여유만만 가을을 맞이한 바로 그때, 신문에서 충격적인 기사를 읽고 말았다. 전력회사들이 저마다 '겨울 절전' 캠페인을 벌이고 있다는 기사였다.

뭐, 뭐라고?

깜짝 놀라 자세히 읽어보았더니, 여름에 비해 조금 낮기는 해도 겨울 소비전력 역시 만만치가 않다는 내용이었다. 여름엔 전력 피크타임이 낮이지만, 겨울엔 저녁부터 밤중까지 사다리꼴로 소비전력이 상승하기 때문에, 절전하지 않으면 원자력발전소 없이 겨울을 날 수 없을 것이라는 내용이었다.

뭐라고요? 금시초문이거든요!

하지만 가슴에 손을 얹고 생각해보니, 찔리는 구석이 있기는 하다.

우리 집에서는 겨울에도 히터 겸용 에어컨은 거의 쓰지 않았다. 집 안 공기 전체를 데우는 게 에너지 낭비라고 생각했기 때문이다. 그래서 고타츠와 전기장판만으로 추위를 견뎠다. 국소 난방이었다.

하지만 아무리 국소라고 해도 그 기기들을 종일 켜놓곤 했다. 여름 내내 에어컨을 켜는 횟수는 얼마 되지 않았지만, 겨울 추위 대책에는 전기를 훨씬 많이 사용했던 것이다!

……그, 그럼 '개인적 차원의 탈원전 계획'을 관철시키려면, 서, 설마, 고타츠도 전기장판도 없이 겨울을 나야 한다는 말인가.

주, 죽을지도 몰라!

난 추위만큼은 참지 못한다.

수족냉증인지 어렸을 땐 겨울이 되면 꼭 손발이 트곤 했다. 일종의 가벼운 동상. 체온 유지 능력이 체질적으로 낮은 탓인지, 조금만 추워도 온몸이 차가워진다.

더군다나 고베의 롯코 산중턱에 있던 집은 살을 에는 듯 추웠다.

그때까지만 해도 겨울에 히터를 틀지 않으려면 상당한 인내심이 필요했다. 고타츠에 들어가면 발은 따뜻해지지만, 허리와 손, 목, 얼굴은 여전히 차갑다. 그런 탓에 고타츠 안으로 조금씩 잠수하다 목까지 푹 들어가면 아, 천국이 따로 없네! 하는 소리가 절로 나왔다. 그리고 그대로 잠이 든다. 전기장판 역시 그렇다. 분명

장판과의 접촉면은 따뜻하지만 다른 부분은 춥다. 결국 장판 위에 누워 담요를 덮는다. 그리고 그대로 잠이 든다.

그 후 찌뿌둥한 몸으로 아침에 눈뜨는 실패를 무한반복 해왔다.

국소 난방으로도 겨우겨우 견뎠던 것이다. 그래도 이 두 목숨 줄 덕분에 겨울을 살아낼 수 있었다.

아, 그리고 잊어서는 안 될 전기담요! 잠자리에 들 때의 추위야 말로 수많은 불행의 파도 중에서도 가장 큰 해일이 아니던가. 차가운 이불 안에서, 얼어붙은 몸을 작고 둥글게 말아, 미미한 체온으로 이불이 따뜻해질 때까지 기다리는 그 시간은 고문에 가깝다. 그래도 전기담요만 있으면! 아무리 방이 추워도 이불에 들어간 순간 따끈따끈! 몸도 마음도 풀리며 안심하고 잠들 수 있다.

그런데……

그 모든 걸 버리라고?

제발 그것만은……

대체 어떻게 추운 겨울을 살아가라고?

신문기사를 읽으며 말 그대로 뎅— 하는 종소리가 머릿속에서 울려 퍼졌다.

공기를 데우지 말고 자신을 데워라!

하지만 문제는 의외로 쉽게 풀렸다.

비밀병기는 바로 탕파였다.

하기야 비밀이라고 할 것도 없다. '겨울 절전'을 검색하면 바로 탕파가 나온다. 얼마나 놀라운 도구이던지. 이렇게 훌륭한 난방기구가 세상에 존재한다는 걸 몰랐다는 게 더 충격이었다.

덧붙이자면 내가 구입한 건 '무인양품'의 중간 사이즈 탕파다. 커버까지 포함해 1,500엔을 투자했다.

사용법도 심플하다. 탕파를 허벅지 위에 올려놓고 그 위에서부터 모직담요로 하반신을 감싼다. 허벅지에 올려놓는 까닭은 인체에서 근육량이 가장 많은 곳이 허벅지이기 때문이다. 큰 근육을 데움으로써 몸 전체를 효율적으로 데운다는 원리다(←인터넷에서 본 그대로). 음, 정말 이걸로 충분히 따뜻하군.

어? 근데 이거, 뭔가와 비슷한 것 같은데……

그래 맞아, 고타츠잖아!

고타츠는 움직일 수 없기 때문에 일단 안으로 들어가면 결연한 의지가 없는 한 꼼짝하기 싫어진다. 그리고 결국엔 그 안에서 잠이 들어버리는데, 탕파는 얼마든지 이동이 가능하다.

이거, '이동 고타츠'로 인증할 수 있겠어.

이름하여 '진화한 고타츠'.

물론 허리 아래 말고는 춥다. 하지만 생각해보니 다른 부분은 옷을 껴입으면 된다. 스웨터를 입고 목이 춥지 않게 머플러를 둘렀다. 집 안에서 머플러를 둘러서는 안 된다는 법이라도 있나? 발이 차가울 땐 발바닥에 작은 핫팩을 붙여 두꺼운 덧신을 신었다. 손에는 손가락 없는 장갑을 꼈다. 특히 추운 날엔 등판에 핫팩을 붙였다.

완벽했다. 음, 과연.

요점은 방이 추워도 내가 따뜻하면 되는 것이다.

공기를 데우지 말고,

자신을 데워라!

이런이런, 격언까지 떠오르는군.

탕파의 훌륭함은 이것으로 끝나는 게 아니었다. 전기담요 문제까지 해결해주었다. 이불 안 허리 위치에 탕파를 넣어두고 이불에 들어갈 때 아래쪽을 향해 발로 쑥 민다. 이것으로 발과 허리가 동시에 따뜻해진다. 완벽해. 사람은 발과 허리만 따뜻해도 온몸이 따뜻해지는 법이다.

게다가 안에 든 물은 다음 날 아침이 되도록 따뜻하다. 이걸로 세수를 하기도 했다. 차가워진 얼굴을 따뜻한 물로 싹싹 문지르며 혹독한 추위와 함께 보내는 나날, 마음이 푸근해지는 순간이었다.

참지 못하고 화로를 도입하다

아무리 그래도 중간 사이즈 탕파 하나로 광활한 겨울과 맞서기란 불안한 감이 없지 않았다. 무언가 다른 대항 수단을 마련해야 한다. 그래서 도입한 게 바로 '화로'였다.

어머니에게 안 쓰는 화로를 보내달라고 부탁했다. 인터넷으로 재, 삼발이, 부젓가락, 재 고르개, 상수리나무 숯, 숯불용 냄비를 구입했다. 모두 제법 값이 나갔다.

이렇게 해서 소박한 화로 라이프가 시작되었다.

그리고…… 정말이지 깜짝 놀랐다!
털끝만큼도 따뜻해지지가 않았기 때문이다! 하하.

화로에 불을 붙이는 건 또 얼마나 어려운 일이던지.

전용 냄비에 숯을 넣고 가스레인지에서 새빨갛게 탈 때까지 기다린다. 바닥에 떨어뜨릴라 조심조심 화로까지 옮겨간다.

그리고 여기부터가 진정한 난관이다.

숯을 제대로 쌓으면 화력도 세지고 나중에 넣은 숯에도 불이 잘 옮겨 붙지만, 숯은 타면서 계속 무너지기 때문에 자주 위치를 바꿔줘야 한다. 옆에 붙어서 지켜봐야 한다는 뜻이다.

그런데 이렇게까지 애를 써서 방이 조금이라도 따뜻해지느냐 하면 그게 또 그렇지가 않다!

가까이서 불을 쬐면 손은 분명 따뜻하다. 원적외선 효과는 피부 표면만 쓰다듬는 으스스한 히터와는 차원이 다르다. 뼛속까지 따뜻해진다는 말은 바로 이럴 때 쓰는 말일 것이다.

하지만 이건 어디까지나 숯 위에 쬔 손바닥에 한정된 말이다. 손 말고는, 얼굴이며 목이며 어깨며 등이며 허리며 엉덩이며 발이며 어디 하나…… 아무런 변화가 없다.

게다가 화로 일체를 구입한 인터넷 쇼핑몰의 주의사항을 자세히 읽어보니 자주 환기를 시키라고 쓰여 있었다. 일산화탄소 중독 방지를 위해서란다.

뭐야, 난방 효과가 전혀 없는데, 환기까지 시키라고?

그런데 또 자세히 읽어보니 얄팍한 지식을 넘어서는 지혜의 말씀도 적혀 있었다.

"화로는 원래 공기를 데우지 않기 때문에 외부 공기를 들여도 추워지지 않습니다."

"오히려 신선한 공기가 숯을 활활 태우므로 방이 더욱 따뜻해집니다."

……으음, 이런 억지가! 내가 전혀 알지 못했던 세계다.

이쯤 되면 잃을 게 없다. 나는 의연하게 벌떡 일어나 창문을 열어젖혔다.

조금도 춥지 않았다!

실내 기온과 바깥 기온이 같았다는 뜻이다.

그리고 분명 힘없이 타던 숯에 붉은 기운이 살짝 더해지는 것 같기는 했다. 하지만 그렇다고 해서 주의사항에 쓰인 것처럼 '더욱 따뜻해지는' 일이 일어났는가 하면, 변화가 너무나 미약했는지 내가 지각할 수 있는 수준이 아니었다.

그러나 이때 분명 타오른 것이 있었으니, 그것은 바로 내 마음이었다.

우와, 재밌잖아!

아니, 바보 같잖아!

내가 지금 무슨 짓을 하고 있는 거지?

아니지, 이보다 더 레벨이 높은 놀이가 또 있을까. 압도적인 냉기 속에서 더 찬 공기를 바깥에서 들이며 미미한 따스함이나마 느껴보려 필사적으로 애쓰는 중년의 여인.

이후, 나는 화로 놀이에 빠져 이것이 취미생활이 되고 말았다.

이 놀이의 조건은 단 하나. 바로…… 추울 것! 추우면 추울수록 새록새록 재미를 느낀다.

이 놀이가 가장 재미있을 때는 엄동설한 아침이다.

아침에 눈을 뜨면 산속의 내 맨션은 입김이 하얘질 정도로 춥다. 그런 쓸쓸함을 달래며 악전고투를 하고 나면 작은 화로 속에서 숯이 희미하게 깜박이기 시작한다. 그 순간, 비록 기온은 달라지지 않을지언정 내 마음은 분명 달라진다.

내겐 친구가 있다. 난 혼자가 아니다. 압도적인 추위와 무의미하고도 오랜 노력이 없었다면, 나는 이 소소한 희망을 결코 기쁘게 받아들일 수 없었을 것이다.

겨울은 새벽녘.

학교에서 모두가 배우는 세이쇼나곤의 『마쿠라노소시』의 첫머리에 나오는 대목이다. 새벽녘, "아주 추운 날 급하게 피운 숯을

겨울은 새벽녘.

들고 지나가는 모습은 그 나름대로 겨울에 어울리는 풍경"이라고
헤이안 시대 작가는 절절히 적은 바 있다.

하지만 이 고전의 진정한 뜻을 온몸으로 실감한 현대인이 과연
몇 명이나 있을까?

나는 이때 고베의 맨션 방구석에서, 나 홀로 시공을 뛰어넘었다.

살아남았다!

이렇게 전기 냉난방 기기 없이 한 해를 겨우 났다.

걱정과 긴장에 싸여 맞이한 겨울은, 죽을 고비를 넘기는 일 없
이, 아니 오히려 탕파와 화로 같은 뉴 아이템들(엄밀히 말하면 올
드 아이템이지만) 덕에 놀라고 또 감동하면서 나름 즐거웠다.

그리고 드디어 혹독한 추위가 조금씩 풀려갈 무렵의 끓어오르
던 그 기쁨을 어떻게 말로 표현할 수 있을까! 아니, 기쁨이라는 미
적지근한 표현으로는 모자라다. 나는 진심으로 한시름 놓았다.

자연이 순환한다는 사실에 그렇게나 감사한 마음을 느껴본 적

이 없었다.

아무리 혹독한 추위도 영원히 지속되지는 않는다. 그렇게 다가오는 계절이 바로 봄이다. 반세기를 살아오면서 나는 처음으로 봄이라는 계절을 진정으로 느낄 수 있었는지도 모른다. 단순히 포근한 계절이라고만 여겼었는데, 그렇지가 않았다. 봄이란 겨울의 끝이었다. 극복의 상징이자 견뎌낸 자들에게 하늘이 내리는 선물이었다.

그것은, 살아남았다는 감각이었다. 과장하자면 에베레스트에 도전한 등산가가 베이스캠프로 살아 돌아왔을 때의 기분이라고나 할까. 마음먹기에 따라서는 도심 맨션에서 평범하게 살면서도 히말라야 등산가와 같은 체험을 할 수가 있다.

인생에는 멋진 모험 거리가 무한히 숨겨져 있다.

내게만 보이는 천국

나는 그저 모험을 하고 살아남기만 한 것이 아니었다. 일단 모험을 경험하고 나자, 생각지도 못한 일이 기다리고 있었다.

냉난방을 포기하고 여름과 겨울을 나고 나자, 나는 점차 혹독한 여름과 겨울이, 그 잠들지 못하는 혹서와 온 힘을 앗아가는 혹한이 왠지 아무렇지 않게 여겨졌다.

그 후 '엄청난 폭염'이라고 할 만한 무더운 여름이 몇 번이나 찾아왔다. 밖을 다니다보면 사람들이 온통 얼굴을 찌푸린 채 쏟아지는 땀을 손수건으로 부지런히 닦고 온몸으로 불쾌감을 드러내면서 목적지를 향해 바삐 걸음을 내딛었다.

그런데 그 속에서 나 홀로 아무렇지 않은 표정이었다. 땀도 거의 흘리지 않았다. 그저 더위 속을 편안하고 평화롭게 걸어갔다.

뭔가 이상했다.

냉난방을 포기한 나의 여름과 겨울은 이전보다 훨씬, 훨씬 혹독해졌는데. 여우에 홀린 기분으로 지내던 어느 날, 수수께끼가 단번에 풀렸다.

8월 어느 날, 나는 교토에 있었다. 오전에 볼일을 다 마치고, 서둘러 돌아가야만 할 일도 없었기 때문에 그래, 여름의 교토를 만끽하면서 산책을 좀 해야지, 했다.

그러나 한낮의 교토 중심가는 지옥 같은 불볕 더위였다. 살인광선 같은 열사 빔이 살갗을 찔러댔다. 그리고 여름 교토 특유의 축

축한 공기가 진을 치고 있었다. 바람이라곤 없었다.

참지 못한 나는, 근처 큰 절로 향했다. 겐닌지라는, 기온 근처의 이름난 사찰이었다.

신발을 벗고 절 안으로 들어선 순간, 나는 진심으로 놀랐다.

시, 시원하잖아!

우리의 건축, 참으로 놀랍도다!

유리창이라곤 없는 중후한 목조 건물은 냉방을 하지 않았는데도 발을 들여놓은 순간 압도적으로 시원했다. 사방에서 바람이 흘렀다. 방금 전까지 내가 담겨 있던 도심의 무풍 상태가 마치 거짓말 같았다. 선현들은 자연을 이해하고 그 지혜를 쏟아 건축 기술에 활용했었구나, 감동할 수밖에 없는 순간이었다.

그리고 한 건물 내에서도 위치에 따라 바람이 부는 방향과 흐름이 제각각 달랐다.

나는 시원한 바람을 찾아 여기저기 옮겨 다녔다. 이윽고 발견한 곳이 그늘진 넓은 툇마루였다. 눈앞에는 커다란 뜰. 그곳이 최고로 시원한 공간이었다. 나는 그 툇마루에 털썩 주저앉아, 시간이 허락하는 한 그곳에 있자고 다짐했다.

멍하니 앉아 있자니, 관광객들이 내 옆을 차례로 지나갔다.

그곳은 건물 안 제일의 특등석이었다. 다행이죠, 밖은 더운데 여긴 최고로 시원하잖아요, 어때요? 여기 자리를 차지하고 앉은 제가 부럽죠? 그런 생각을 하며 지나가는 사람들을 싱글벙글 바라보던 나는 잠시 후, 이상한 점을 발견했다.

누구 하나 "시원하다"라는 말을 내뱉는 사람이 없었던 것이다.

아니, 직접 내뱉지 않아도 좋다. 시원하다고 느끼면 얼굴에 드러나는 법이니까. 미소가 절로 나온다든가, 눈꼬리가 조금 내려간다든가.

하지만 누구 하나, 그런 표정이 없었다.

오히려 대부분의 사람들이 부채나 손수건으로 바쁘게 부채질을 하며 쥐꼬리만 한 바람을 일으키려고 애쓰고 있었다. "덥다, 더워"를 염불처럼 외는 아저씨도 있었다. 아니, 그런 사람들이 압도적으로 많았다.

어? 여러분, 시원하지 않나요? 여기 엄청 시원하잖아요!

어떻게 이 시원함을 모를 수가 있지?

그리고 불현듯 나는 깨달았다.

이상한 건 바로 나였다. 나만 왠지 감각이 달랐다.

원인은 단 하나.

나는 냉난방 기기를 쓰지 않는 사람이라는 것.

받아들이기 힘든 상대를 받아들이다

냉난방 기기를 사용하다보면 추위와 더위는 어느새 물리쳐야 할 적이 된다. 아, 덥다. 꾹. 아, 춥다. 꾹…… 불쾌함은 버튼 하나로 해결한다. 적은 바로 사라지고 곧이어 균일하고 평온한 세계가 찾아든다.

하지만 냉난방을 포기하면 그러지를 못한다. 덥든 춥든 대항 수단이 없기 때문이다. 그럴 때 상대를 '불쾌'하게 여기거나 '적'이라고 생각하면, 남는 건 허무함뿐이다. 백만 번 항의해봐야 아무것도 달라질 게 없기 때문이다. 그러니 그냥 포기하는 수밖에.

그야 물론 덥다는 생각은 한다. 다만 판단을 내리지 않을 뿐이다. 덥다, 끝. 그게 뭐?

다시 말하자면, 아무리 더워도 일단 받아들이는 수밖에 없다.

사람이든 물건이든, 받아들이기 힘든 상대를 받아들여야 할 때 우리가 취할 수 있는 방법은 한 가지뿐이다.

　그 상대를 자세히 들여다보는 것.

　자세히 보면, 싫다, 싸워야 할 적이다, 하고 일방적으로 단정하던 상대에게서 조금이나마 좋은 점, 괜찮은 점이 보이기 시작한다. 그렇게 되면 아주 조금씩이라도 상대를 받아들이기 위해 자신의 마음을 다독일 수 있다.

　그나저나, 지독한 더위에도 '좋은 점'이 있기는 한 걸까?

　있었다!

　가만히 들여다보니 더위는 한시도 가만있지를 않는다. 그늘에 들어간다. 공기가 움직인다. 조금 열린 빌딩 문에서 찬 공기가 빠져나온다. 은밀한 '시원함'이다. 한 가지 색처럼 보이는 더위 속에도 실은 무한히 많은 색조가 존재하며 미약하나마 끊임없이 변화한다.

　나는 냉난방을 포기함으로써 어느새 그런 미약한 변화를 끊임없이 찾아낼 수 있게 된 게 아닐까. 순간적인 시원함을 발견하며 소소한 기쁨에 젖어드는 훈련을 거듭하게 된 게 아닐까.

그랬기에 교토의 사찰은 내게는 엄청나게 시원한 공간이었던 것이다.

하지만 냉난방 기기에 의지하다보면 더위는 그저 '더위', 아무런 변화 없는, 물리쳐야 할 적으로밖에 여겨지지 않는다. 그런 데에 익숙해져버리면, 누구도 미묘한 변화를 감지하지 못하게 될 것이다. 미묘한 다름에는 흥미를 잃어버리게 될 것이다.

그것이 과연 풍요로운 세상의 모습일까.

그렇게 내게는 싫어하는 계절도 견디기 힘든 계절도 사라지게 되었다. 도쿄 빌딩 숲의 폭염 속을 미소 띤 얼굴로 고요하게 걸어가는 아프로헤어를 발견한다면, 그건 틀림없이 나다. 그때 나는 분명 시원하다고 느끼고 있을 것이다.

이건 어떤 깨달음이 아닐까. 언젠가 추위와 더위뿐만 아니라, 인간과 동물과 벌레와 식물 모두를 받아들일 수 있게 되는 날이 오지 않을까.

어쩌면 신선의 경지

덧붙이자면 지난 육 년 동안 나는 어떤 능력을 갖추게 되었다. 아니, 나도 모르는 사이에 그런 능력이 생겨났다.

기상청 발표를 듣지 않고도 장마전선이 물러날 때를 감지하는 능력이다. 며칠 후면 기상청이 발표할 테니 별 도움이 되지 않겠지만, 그래도 진짜다.

아침에 집을 나서 걷기 시작하면 전날까지 무겁고 진득했던 공기가 확실히 가벼워졌음을 느낀다. 하늘을 올려다보면 천장이 뚫린 느낌이다. 아, 장마가 끝났구나 하는 생각이 든다. 며칠 후, "장마전선이 물러갔다는 기상청의 발표가 있었습니다"라는 뉴스가 흘러나온다.

장마뿐만이 아니다.

8월의 아주 더운 날에 문득 '아, 가을이 오는구나' 하고 느낄 때가 있다. 기승을 부리는 더위 속, 미미하기는 하지만 가을이 다가오고 있음을 알 수 있다. 아주 미묘하게 공기가 변하기도 하고, 풀벌레 소리가 들리기도 하고, 구름 모양이 바뀌기도 한다. 세상을 호령하던 여름도 결국 물러날 때가 오는구나 싶어 조금 애처롭기까지 하다.

그리고 2월의 아주 추운 날에 '아, 봄이 오는구나' 하고 느낀다. 혹독하기는 하지만 더없이 깨끗한 겨울 공기 속에서 아주 조금, 소란한 봄기운을 감지한다. 추위에 약한 내게 그것은 분명 기쁜 징조이지만, 역시 조금 서글퍼지기도 한다.

이러니, 문득 내가 신선이 된 게 아닐까 싶어지는 때가 있다. 물론 나는 지극히 평범한 사람이다. 그렇다면 냉난방 기기가 없던 시절의 사람들은 모두 신선의 경지에 이르렀을 것이다.

사람들이 모두 신선인 세계, 그것은 어떤 세계였을까.

"요즘 들어 날씨가 수상하다"거나 "계절이 여름과 겨울, 양극단만 존재하고 봄과 가을이 사라졌다"고 말하는 사람들이 많은데, 신선에게는 어림없는 소리다. 객관적 데이터로야 그런 말을 할 수 있을지도 모르겠지만, 그래도 역시 봄과 가을은 분명 존재한다.

겨울이 끝나면 여름이 오기 전까지는 봄이다. 여름이 끝나면 겨울이 오기 전까지는 가을이다. 봄과 가을은 둘 사이를 오가면서도 조금씩 변화하는 이행의 계절이다. 더위와 추위에 정면으로 맞서고 그 사이를 오가면서 울고 웃다보면, 그 깊은 변화의 계절을 느낄 수 있을 것이다.

조금 덥다고, 조금 춥다고 기계의 스위치를 누르는 자여.

어쩌면 스스로가 이 멋진 변화를 모른 체하고

봄과 가을을 없애버리고 있는 것은 아닌가.

아니, 틀림없이 그러하다,

그래도 되는 것인가.

이게 바로 신선의 계시랍니다.

4.

냉장고 크기
≠
나의 크기

(인생을 명랑하게 헤쳐 나갈 결정적 힌트)

우리의 소화기관은 냉장고와 직결되어 있다

그것은 '혁명'이라는 단어 말고는 다른 무엇으로도 설명할 수 없는 일이었다.

냉장고를, 졸업하다.

태어나서 지금까지 그런 생각은 한 번도 해본 적이 없었다.

물론, 비단 냉장고뿐만의 일은 아니었다. 청소기, 전기밥솥, 전자레인지 등등의 가전제품 모두, 사용하지 않는다는 선택지에 대해선 생각해본 일이 없었다.

왜냐고? 편리하잖아. 편리함을 내 스스로 포기할 이유가 뭐가 있겠어. 게다가 원래 있던 거잖아. 일부러 갖다 버릴 필요까지야 없지 않아? 그렇게 믿는 게 현대인의 습성이다.

하지만 나는 원전 사고라는 충격에 등이 떠밀려 그 습성을 하나하나 극복해나갔다. 처음에는 찬물에 발을 담그는 심정으로 살금살금. 그런데 하다보니 멈출 수가 없었다.

없으면 살 수 없다고 믿었던 가전제품이, 없어도 살 수 있게 되었고, 아니 없는 게 더 편하기도 하고, 재미있기도 하고, 의외로 풍요로워지기도 하고, 그렇게 되어갔다. 청소기를 졸업했더니, 청소가 좋아졌다. 전자레인지를 졸업했더니, 밥이 맛있어졌다. 냉난방기기를 졸업했더니, 더위와 추위가 친구 같은 존재가 되었다. 이것은 거짓말 같은 참말이다. 지금까지 '좋은 것'이라고 믿어 의심치 않았던 '편리함'을 이제는 의심하게 되어버렸다.

하지만 내가 지금까지 기꺼이 내다 버린 '편리함'이란, 옵션으로서의 '편리함'이다.

그러니까, '있으면 편하겠지' 하는 그런 편리함. 예를 들어 청소기를 버리고 나서 청소가 엄청 힘들어졌다고 치자. 뭐, 그래도 죽지는 않는다. 전기밥솥이나 전자레인지 역시 마찬가지. 아이디어를 짜내고 몸을 움직여야 하니까, '귀찮아지는' 일들이 생겨나긴 하지만, 그래 뭐, 그래도 역시 죽지는 않는다. 냉난방 기기도, 허들이 좀 높긴 하지만, 부채나 탕파 같은 수단들을 동원하면 어떻게든 견딜 수 있다.

그런데, 냉장고만큼은 차원이 다르다.

먹는다는 건 곧 산다는 것. 냉장고란 현대인의 삶에 빼놓을 수 없는 요소이자, 생명 그 자체라고 해도 과언이 아니다. 우리의 소화기관은 냉장고와 직결된다고도 볼 수 있다.

아무리 나라고 해도, 그런 물건을 내다 버린다는 것, 다시 말해 생명의 일부를 내다 버린다는 것은 생각조차 해본 적이 없었다.

그런데 그런 말도 안 되는 행위에, 내가 발을 담그게 된 것이다.

그리고 이 일이 내 삶에 미친 영향은, 말로 다 할 수 없는 것이었다. 그것은 그 어떤 책과 스승보다 더 큰 교훈을 내게 남겨주었다. 그리고 그 교훈은, 이 버거운 시대를 긍정적이고 명랑하게 헤쳐 나갈 방법에 대해, 나에게 결정적인 힌트를 주었다.

그것은 종교 혹은 혁명, 그런 것들에 가까운 것일지도 모른다.

⋯⋯아아 이런, 이야기가 너무 원대한 방향으로 흘러가버렸다. 그렇지만 이렇게 이야기를 부풀리고 싶을 만큼, 그것은 내게 너무나 큰 사건이었다.

이 엄청난 프로젝트는 그러나, 사소한 '실수'에서 비롯되었다.

전기화 맨션이라는 충격

동일본대지진이 일어난 지 삼 년째 되던 여름 어느 날이었다.

오랫동안 근무하던 오사카 본사에서 도쿄로 발령이 나서, 나는 이사를 가게 되었다. 부동산을 여기저기 알아본 끝에, 월세가 비싸긴 해도 멋진 전망을 포기할 수 없어 커다란 창이 있는 고급 맨션에 살기로 했다. 모처럼 찾아든 도쿄 라이프. 절전 생활도 순조롭게 진행되고 있겠다, 인생에 한 번쯤 분수에 안 맞는 시티 라이프 좀 즐기면 어때, 하는 마음이었다.

이삿날이 코앞으로 다가왔다. 생명선, 다시 말해 고베의 전기, 가스, 수도 계약을 정지시키고 새로 살 집의 전기, 가스, 수도 신청을 하려고 했다. 일단 필요한 연락을 취한 다음 숨을 돌리고 있을 때, 도쿄가스로부터 전화가 걸려왔다.

"그 맨션은 가스 계약이 안 되는 것 같아요."

무슨 말인지 이해할 수 없었다.

가스 계약이 안 된다고? 무슨 소리지? 요리는 어떻게 하고 목욕은 어떻게 하라고요. 가스 없이 어떻게 살라고요.

그러자 전화를 한 직원이 당황한 감이 있지만 분명한 목소리로 잘라 말했다.

"맨션 자체가 가스 계약을 하지 않는 설계로 되어 있대요."

그제야 둔감한 나도 비로소 상황 파악을 할 수 있었다.

혹시…… 서, 설마 그 '전기화 맨션'이라는, 말로만 듣던 그건가요?

생각해보니 집을 보러 갔을 때, 부엌에는 가스레인지가 아니라 IH 쿠킹 히터가 설치되어 있었다. 절전주의자를 표방하는 나로선 쳇 하는 심정이었지만, 뭐 눈감아주고, 그냥 총체적인 관점에서 그 집을 선택했었다. 그런데 문제는 그것만이 아니었던 것이다!

실제로 이사를 해보니 세상에! 현관 옆에 '전기온수기'라는 이름의 거대한 머신이 떡 하니 자리하고 있는 게 아닌가. 쿠킹 히터

서, 설마...... 말로만 듣던 그 전기화 맨션인가?

하나만 해결하면 되는 게 아니었다. 목욕물까지 전기로 끓이는 맨션이었던 것이다!

인생 최대의 난관! 대지진 이후 눈물겨운 노력을 거듭한 끝에 전기요금 700엔대에 돌입한 그 성취가 모두 부질없는 짓이었단 말인가!

'편리함'과 '이익'에 지불해야 하는 대가

이미 손쓸 수 없는 단계이긴 했지만 허둥지둥 찾아보니 놀라운 사실들이 하나둘 밝혀졌다.

전기화 주택은 1980년대 후반부터 공급되었다. 인구 증가와 세대 증가가 제자리걸음을 하게 되면서 전력회사와 가스회사가 한정된 파이를 둘러싸고 치열한 경쟁을 벌이게 되었고, 전력회사가 점유율 확대를 위해 꺼내든 비장의 카드가 바로 이 새로운 형식의 주택이었다.

그때까지 가스가 담당했던 조리와 온수 기능을 오롯이 전기가 담당하게 되자, 주택에서 가스가 설 자리는 사라졌다. 일단 빼앗고 나면 입지는 더욱 견고해진다. 입주민들은 대량의 전기 없이 살아갈 방도를 잃게 되었고, 그렇게 안정된 고객이 탄생했다.

홍보 문구는 '불을 사용하지 않아서 안전하다' '가스레인지를 쓰지 않아서 청소하기 편하다' '이산화탄소를 배출하지 않아서 친환경적이다' '가스 기본요금을 내지 않아도 되니 저렴하다' 등 등. 이 말들이 모두 옳은가 하는 문제는 둘째로 치고, 기본요금이 들지 않는다는 것만은 사실이다. 전기요금과 가스요금, 양쪽 모두를 지불하는 것에 비하면 분명 요금이 적어질 가능성이 높다.

그런데 숨겨진 비밀이 있었다.

전기화 주택의 전기요금이 비교적 저렴했던 이유는 밤 열한 시부터 아침 일곱 시까지 이용하는 '야간전력'이 매우 싸게 설정되어 있기 때문이었다. 막대한 전력을 소비하는 게 '온수'인데 그 온수를 값싼 심야전력으로 이용한 것이다.

한밤중에 물을 끓여놓고 낮 동안 탱크에 보관했다가 저녁이나 밤에 목욕할 수 있게 한다. 한밤중에 끓여놓은 물을 다음 날 밤까지 저장하는 시스템이니 에너지 효율의 측면에서 매우 모순되는 구조라고 할 수 있다.

그런데도 이런 방식을 취한 까닭은, 원자력발전소를 배제하면 설명할 길이 없다.

원자력발전소는 전기를 안정되게 공급한다고 하는데, 일단 발전을 시작하면 늘 일정한 전력을 공급한다는 뜻이다. 이건 안정적이라고도 할 수 있지만, 달리 말하면 융통성이 없다고도 할 수 있다. 사람들이 활동하지 않아 전력수요가 줄어드는 한밤중에도 원자력발전소는 모범생처럼 열심히 전기를 내보낸다. 전기를 축적할 수 있으면 그게 제일 좋겠지만, 현재 기술력으로는 불가능하기 때문에 아무도 쓰지 않는 전기는 버릴 수밖에 없다.

어차피 버릴 거라면 이 전기를 이용하자는 발상에서 나온 것이 전기온수기이다. 게다가 가스회사를 밟고 올라갈 수 있으니 일석이조였다.

그런데 원전 사고로 상황이 역전되었다.

전국의 원자력발전소가 차례로 가동을 멈추면서 결국엔 가동률이 제로가 되었다. 심야전력의 염가 판매를 홍보 전략으로 삼았던 전기화 주택을 열심히 팔아치우고 난 상태니 지금 와서 전기요금 할인을 그만둘 수도 없었고, 빼도 박도 못하는 상황에 직면했다.

대지진 이후, 전국의 전력회사는 원자력발전소가 가동을 멈추었다는 이유로 전기요금을 조금씩 인상하기 시작했다. 전기 없이는 목욕도, 요리도 할 수 없게 된 소비자들은 울며 겨자 먹기로 비싼 전기요금을 지불하고 있다. 그게 싫다면 원자력발전소가 재가동되길 바라는 수밖에 없다.

세상은 참으로 복잡하다. 편리한 삶을 원했던 것뿐인데, 어느새 족쇄에 묶여 옴짝달싹 못하는 상황에 이르렀다.

대체 어디서부터 잘못된 것일까.

전기화 주택에서의 절전

그렇게 나는 전기화 맨션에 살게 되었다.

우선 화가 난 것은 비싼 기본요금이었다. 자그마치 1,300엔! 이것만으로도 내가 피땀 흘려 이룩한 전기요금의 두 배나 된다!

그뿐만이 아니었다. 심야전력이 싸기는 한데, 이상하게도 이외 시간에 대해서는 요금이 더 비싸게 설정되어 있었다. 대체 왜?

더욱더 화를 돋우었던 것은 이사하면서 들고 온 아끼는 알루미늄 냄비를 IH 쿠킹 히터에서는 사용할 수 없다는 사실이었다. 전용 냄비까지 일부러 사야 하다니!

분노가 폭발할 것만 같았다. 투쟁 정신이 활활 타올랐다. 이런 왜곡된 주택이야말로 눈앞의 '이익'과 '편리함'에 휘둘려 그 이면에서 희생되는 것들을 생각지 못한 나의 자화상이기도 했다.

그래, 절전만큼은 절대 포기하지 않겠어!

……단단히 팔짱을 끼고 결심한 것까지는 좋았는데, 말이 쉽지 행동은 어려운 법. 각고의 노력을 했는데도 한 달에 3,000엔 이하로는 줄일 수가 없었다.

내가 이 시점에 소유하고 있던 가전제품은 이미 많지 않았다.

텔레비전

냉장고

세탁기

푸드 프로세서

드라이어

다리미

전등

시디플레이어

이중에서 푸드 프로세서, 드라이어, 다리미는 이 집에 사는 동안엔 쓰지 않기로 정했다. 새벽 다섯 시에 머리를 감으면 드라이어로 머리를 말리지 않아도 나갈 때쯤엔 마르고, 푸드 프로세서 대신 부엌칼로 잘게 썰면 된다. 손수건과 옷에 주름이 좀 잡힌들 신경 쓰지 않기로 했다. 전등은 모두 엘이디로 교체했다.

그리고 심야전력으로 대부분 해결할 수 있게, 한밤중이나 새벽에 밥을 짓기로 했다. 그리고 가장 전기를 많이 먹는 '악의 화신', 맨션에 딸린 전기온수기는 사용하지 않을 때에는 일일이 차단기를 내리기로 했다.

내 삶 전체가 이 전기화 주택에 휘둘리고 있었다.

그런데 이렇게까지 했는데도 전기요금은 3,000엔이 한계였다. 아무리 노력해도 전기 사용량을 더는 줄일 수 없었다.

그리고 정신을 차려보니, 커다란 상자를 물끄러미 바라보고 있는 나를 발견했다.

이제 목표는 '이것'밖에 남지 않았다.

바로 냉장고.

태어나 한 번도 생각해보지 못한 일이었다.

결국 냉장고 코드를 뽑다

그나마 내겐 승산이 있었다. 이 결심을 한 건 겨울, 나는 겨울이라는 계절의 응원을 받을 수 있었던 것이다.

히터를 켜지 않는 나의 집은 정말이지 춥다. 다시 말해 집이 냉장고나 다름없다는 말씀. 그렇게 생각하니 냉장고 코드를 뽑는다고 큰일이 날 것 같진 않았다.

난방 제로 생활을 이렇게까지 자랑스럽게 여겨본 적이 없었다.

계절은 참으로 위대하다. 내가 그렇게나 싫어했던 '추위'가, 관점을 바꾸니 최고의 자원이 될 줄이야.

아무튼 두근거리는 가슴을 안고 코드를 뽑는다.

내 페이스북 기록에 따르면 2014년 12월 3일의 일이다.

"내 인생의 기념비적인 오늘, 태어나서 처음으로 냉장고 코드를 뽑다."

그리고 내 앞에 남은 것은 크기만 엄청 큰 플라스틱 상자였다.

잠시 후 냉장고 문을 열었더니, 냉기 공급이 차단된 밀폐 공간에서는 케케묵은 공기와 눅눅한 냄새가 흘러나왔다. 효율적으로 온도를 낮추려면 밀폐가 필수지만, 냉장이 멈춘 순간, 밀폐는 그

즉시 바로 결점이 된다. 바깥 공기가 훨씬 차갑다.

곧바로 반찬과 야채들을 꺼냈다. 햇빛이 안 드는 베란다에 작은 벤치를 놓고 그 위에 반찬통을 나란히 올려놓아 신문지로 덮었다. 야채는 소쿠리 위에서 말려 보관하기로 했다.

으음, 귀엽네. 마치 시골 야채가게 같잖아.

결론부터 말하자면, 식량 저장을 위해서는 이것으로 충분했다. 말린 야채에서 수분이 빠져나가 맛이 진해지고 시골 기분도 만끽할 수 있었다. 만들어둔 반찬을 보관하는 것도 이삼 일이면 아무 문제가 없었다. 그야 그렇겠지. 바깥이 이렇게나 추우니 말이다.

냉동 문제에 직면하다

이러다보니 급기야 '어? 냉장고가 원래 필요한 건가?' 하는 생각까지 하게 되었는데, 단 하나 난관이 있었다.

바로 냉동 문제였다.

냉동식품을 자주 사 먹진 않았지만, 나는 냉동실을 아주 요긴

내 앞에 남은 것은 크기만 엄청 큰 플라스틱 상자였다.

하게 쓰고 있었다. 전자레인지를 버린 일화에서도 소개했지만, 나는 그때까지 밥을 한꺼번에 지어 냉동을 해두곤 했었다.

신문기자 생활이란 매우 불규칙하다. 큰 사건이 터지면 사적인 시간은 공중 분해된다. 하지만 밥을 지어 적당량씩 냉동해두면 반찬 하나만 만들어도 대충 먹을 수 있고, 심지어는 도시락까지 쌀 수 있다.

그런데 냉장고 코드를 뽑으면서 그럴 수 없게 되었다.

냉동 말고, 한꺼번에 지은 밥을 맛있고도 안전하게 보관할 수 있는 방법을 찾아야 했다. 이제 어떻게 할까.

없는 머리를 쥐어짜 생각해낸 방법은 두 가지.

하나는, 미용과 건강에 좋다며 항간에서 유행하는 '효소현미' 만들기. "현미밥을 전기밥솥에 계속 넣어두면 식감과 맛이 좋아지고 영양가가 올라간다"는 기사를 찾아냈다.

일주일이나 보관이 가능하다니! 그래, 좋다! 미용과 건강에 좋다는데 뭘 더 바라겠어. 하지만 문제는 전기밥솥이 없다는 점. 이때 번뜩인 아이디어가 '전기온수기'를 활용하는 방법이었다.

전기온수기는 탱크에 물을 담아두기 때문에 주위가 뜨뜻해진다. 열이 그만큼 빠져나간다는 뜻이니 화가 나는 일이지만, 그 쓸데없이 뜨뜻한 온수기 위에 밥을 지은 냄비를 올려놓으면 보온 역할을 해주지 않을까, 그런 생각이 든 것이다.

음…… 이 계획은 실패했다.

전기밥솥 수준의 고온을 유지한다는 게 불가능했기 때문이다. 게다가 일주일이나 전기밥솥을 보온으로 켜두어 완성되는 '효소현미'라는 발상 자체에 거부감이 들었다.

전기밥솥을 하루 종일 켜두려면 엄청난 전력이 필요하다. 원전 사고 이후 절전을 시작한 나로서는, 이런 전력 소비를 둘러싸고 벌어지는 일들에 대해 의문을 품지 않을 수 없었다. 무언가를 희생시키면서 예뻐지고 건강해지는 그런 일들이 정말로 가능할까. 지금의 거대한 경제 시스템 속에서는 작은 욕망들이 모여 큰 덩어리로 불어나면서 타인을 불행하게 만든다. 그런 사실을 냉정하게 직시해야만 한다.

그래서 다음 방법으로 넘어갔다.

'나무밥통'을 들이는 일이었다. 좋아하는 사극을 보다가 떠오른 아이디어였다. 에도시대에는 냉장고가 없었다. 그럼 어떻게 밥을 보관했지? 눈을 크게 뜨고 텔레비전을 뚫어져라 쳐다보니 나무밥통을 쓰고 있었다.

바로 조사에 착수했다. 나무에는 살균 작용이 있기 때문에 나무밥통에 넣은 밥은 잘 상하지 않는단다. 일주일 보관은 불가능할지 몰라도, 겨울이면 며칠은 견딜 수 있을 것이다.

당장 달려 나가 가장 작은 나무밥통을 샀다. 그리고 평소처럼 새벽에 냄비로 밥을 하고 나무밥통에 밥을 넣었다. 잠시 후 시험 삼아 집어 먹어보았다.

마, 맛있다……

어디선가 들어 알고는 있었지만, 나무가 불필요한 수분을 알맞게 흡수해주기 때문일 것이다. 갓 지은 밥보다 더 윤기가 나고 식감이 좋다. 밥이 한 알 한 알 저마다 독립해 살아 있는 느낌이다. 그리고 놀랍게도, 식은 후에도 맛이 있다! 이렇게 맛있는 밥은 처음이다. 데우지 않은 찬밥도 충분히 맛있다.

살면서, 식은 밥은 맛이 없다고 믿어 의심치 않았다. 그런데 그건, 밥을 지은 다음 전기밥솥에 넣어 방치하거나 냉동했기 때문이었다.

이렇게 훌륭한 도구를 여태껏 왜 쓰지 않았을까.

말할 것도 없이, 전기밥솥이 등장하고 냉장고가 등장하고 전자레인지가 등장했기 때문이다. 그야말로 '편리함'이 모든 것을 휩쓸고 간다.

나무밥통에 넣은 밥은 오래 보관할 수 있었다. 밥이 상하지는 않고 수분만 점점 빠져나갔기 때문이다. 마르는 속도는 예상보다 빨랐다. 우쭐대며 일주일을 넣어뒀더니 완전히 딱딱해졌다. 음, 옛날 사람들이 전쟁터에 갖고 나갔다는 '마른밥'이 이거구나!

그대로 씹었다가는 이가 깨질 것 같아서 죽으로 만들어 먹었다. 맛있었다. 꽤 괜찮은 방법이라는 생각을 했다.

진정한 시련이 닥쳐오다

이렇게, 처음엔 '폭거'처럼 느껴졌던 냉장고 없는 생활도 시행착오를 거치다보니 나름 순조롭게 진행되었다.

그런데 역시 인생은 그리 호락호락하지 않은가보다.

봄이 다가오고 팽팽하게 차갑던 공기가 부드러워지면서, 베란다에 둔 반찬에서 이틀이면 쉰내가 나기 시작했다. 마침내, 냉장고 없는 식품 보관이라는 현실과 본격적으로 맞닥뜨려야 할 때가 다가오고 있었다.

집으로 들어가기 전, 역 안 마트에 들러 가게 안을 한 바퀴 돈다. 하루 중 가장 마음이 놓이는, 소소하지만 행복한 시간이다.

다채로운 마트 안은 유혹으로 넘쳐난다. 특별 할인가 상품, 서비스 상품, 계절 상품. 아, 이거, 사고 싶었어, 저것도 좀 사볼까.

하지만 이제 나는 함부로 손을 뻗을 수 없는 몸이 되고 말았다.

보관할 수 없으니 그날 먹을 것만 사야 한다. 당근과 튀긴 두부를 샀으면 그것으로 충분하다. 아니, 충분할 뿐만 아니라 네 개들이 당근을 하루에 다 먹어치울 수는 없다. 하나를 쓰고 나머지 세 개는 절임을 하거나 말려서 보관해야 한다.

그리고 이미 나의 집에서는 그렇게 남은 야채들이 내가 돌아오기만을 목을 길게 빼고 기다리고 있다. 가게 안을 어슬렁거리다가도 그 모습이 어른거려 빈손으로 나오는 일도 허다했다.

냉장고 없는 삶은 참 따분하다.

지금까지의 장보기 방식을 다시 한 번 돌아보게 된다.

냉장고가 있으면 내일, 모레, 어쩌면 일주일 후까지 내다보고 장을 볼 수 있다. 그리고 냉동해두면 한 달 후 미래까지 시야를 확장할 수 있다.

그래, 냉장고란 시간을 정리하는 장치로구나. 우리는 냉장고를 소유함으로써 시간이라는, 본디 인간의 힘으로 어쩔 수 없었던 것들을 '쟁여두는' 엄청난 힘까지 소유할 수 있게 되었구나.

이렇게 해서 우리는 '이것이냐 저것이냐'가 아니라 '이것도 저것도' 모두 살 수 있게 되었구나. 참 좋구나.

머릿속으로 미래의 식탁을 상상하며 '언젠가' 먹을 것들을 열심히 장바구니에 담는다.

냉장고는 그런 '언젠가'의 꿈으로 가득 차 있다. 냉장고란 '언젠가의 상자'이자 '꿈의 상자'인 것이다.

그런데 냉장고를 졸업하고 보니 벌거벗은 현실을 살아내야만 했다. 그리고 그 현실을 살아내기 위해 필요한 것들은, 놀랍게도 많지 않았다. 한 번 장을 보면서 쓰는 돈은 500엔이 넘지 않았다.

산다는 건 먹는다는 것.

내가 살아가는 데 필요한 돈은 사실 그 정도뿐인 것이다.

어, 나…… 겨우 이 정도 인간이었던 거야?

남아 있는 것은 소소한 나였다. 보잘것없는 나였다.

내가 살아가는 데 필요한 것은 그다지 많지 않았다.

지금까지 장바구니 한가득, 무엇을 그렇게 담았던 것일까.

어쩌면 이게 '깨달음'일까

그렇게 지극히 따분한 나날을 보내다 문득 느껴지는 게 있었다.

이게 어쩌면, '깨달음'이라는 바로 그것일까.

삶의 번뇌에 대해 극한까지 고민한 붓다는 "지금, 여기에 살라"고 했다. 그것이야말로 인간이 고통에서 구원을 받을 수 있는 길이라고 했다.

그래서 냉장고를 졸업한 난……

나야말로 '지금, 여기'에 살고 있잖아!

나는 오래전부터 붓다의 가르침에 관심이 많았다. 세상 많은 사람들과 마찬가지로 인생의 번뇌에 늘 시달렸기 때문이다.

세상의 일은 마음대로 되지 않는다.

열심히 해도 잘된다는 보장이 없고, 어찌어찌 잘된다 해도 바라는 만큼 평가받는다는 기약도 없다. 기적처럼 좋은 평가를 받는다 해도, 그 순간 그것은 과거의 일이 되고, 또다시 시련과 평가가 되풀이되는 일상이 나를 기다린다. 대체 언제쯤이면 만족과 행복을 얻을 수 있을까, 생각할수록 절망적인 기분이었다.

그때, 책을 읽으며 붓다의 이 가르침을 알게 되었다.

인간 고뇌의 대부분은 지나간 과거를 후회하거나 오지 않은 미래를 걱정하면서 생기는 것이다.

그래, 맞아! 내가 바로 그렇잖아.

내가 과거에 아무리 많은 실패를 거듭하고 모욕과 배신과 불합리한 대우 속에서 흙탕물을 뒤집어썼더라도, 나의 미래가 아무리 어둡고 험난할 것이라는 예감에 휩싸여도 '지금 이 순간'엔 아무런 문제가 없다. 그 한 순간, 한 순간을 최선을 다해 살 수밖에 없지 않은가! 그것으로 충분하지 않은가! 그래, 맞아. 정말 멋진 생각이야.

하지만 말이 쉽지, 실제로 해보려니 너무나 어려운 일이었다. 나 자신을 조금만 관찰해보면 단박에 알 수 있다. 하루 종일 과거와 미래에 대한 생각으로 가득 차 있다. 그리고 어느새 끙끙대고 있는 자신을 발견한다.

지금, 여기에 살라고? 그래, 그럴 수만 있다면!

그것은 아마, 길고 힘든 수행을 거쳐 '깨달음'의 경지에 이르러야 가능한 일일지도 모르겠다. 그렇다고 수행할 시간이 어디 있냐고! 그럴 수만 있다면 고민을 왜 하냐고!

늘 그런 심정이었다.

그런데.

냉장고를 졸업하고 장보기의 즐거움을 빼앗기면서 문득 깨달았다. 어쩌면 이게 바로 '지금, 여기에 산다'는 게 아닐까.

나는 지금, 미래(앞으로 쓰게 될 식재료)도 과거(사서 냉장고에 넣어둔 식재료)도 없는 날을 살고 있다. 사실 따분하기는 하다. 두근거리는 꿈이 없기 때문이다. 당근과 튀긴 두부밖에 살 수 없는 밋밋하고 '소소한 지금'을 살아야 하기 때문이다.

하지만 소소한 지금이 뭐가 어때서!

꿈을 꾸고, 그 꿈에 마음을 빼앗기고, 잘되지 않으면 어쩌지 마음을 졸일 틈이 있다면, 지금 당장 이 당근과 튀긴 두부를 온전히 맛보라! 그곳에 있는 우주를 마음껏 즐겨라! 어쩌면 깨달음이란 바로 이런 게 아닐까?

그렇게 생각하고 보니 따분한 날들이 한편으로는 마음 평온한 날들이었다.

익숙해지면, 오늘 메뉴만을 생각하며 장을 보니 흔들림이 없다. 돈도 들지 않는다. 쓸모없는 식재료가 일체 없는 부엌은 정말이지 깨끗하다.

이상한 얘기지만 나는 냉장고를 졸업하고 나서 음식을 상하게 한 적이 거의 없다. 필요한 것만 사니까, 아니 그럴 수밖에 없으니까.

어쩌면 이게 바로 '지금, 여기에 산다'는 게 아닐까.

생각해보니 지금까지 냉장고 깊숙이 가득 채워넣으며 얼마나 많은 것들을 상하게 만들었나! 어쩌면 내 인생 역시 마찬가지가 아니었을까? 이런 꿈 저런 꿈을 그러모아 한자리에 방치한 다음, 조금씩 상하게 만들어온 건 아닐까? 내 인생의 90퍼센트는 그런 망상으로 소비되어온 건 아닐까? 지금 여기에서 할 수 있는 일들을 열심히 했어야 했던 건 아닐까?

냉장고를 없애면서 드러난 소소한 나.

음, 분명 쓸쓸한 부분이 없지는 않다.

하지만 이것이 현실이다. 더도 덜도 아닌 바로 이것. 나는 태어나서 처음으로 내가 얼마만 한 인간인지를 알게 되었다.

이것으로 충분하지 않은가. 이게 바로 현실이고, 이게 바로 전부니까.

음. 당근과 튀긴 두부, 맛있잖아! 난 이것으로 충분히 만족할 수 있는 인간이다. 더 이상의 꿈이 정말로 필요한 걸까.

음식이 왜 이렇게 버려지는 걸까

다시 한 번 생각해본다. 냉장고란 대체 무엇이었을까.

'먹을 수 있는데도 버려지는 음식'이 연간 632만 톤(25미터 수영장 1만 개를 채울 정도)이나 되고, 그중 약 절반은 가정에서 나온다고 한다. 여기에 '먹을 수 없게 되어(상해서) 버려지는 음식'까지 더하면 더욱 방대한 양이 될 것이다.

그리고 그 대부분이 냉장고에서 최후를 맞이했으리라는 사실을, 과거의 나를 돌아보아도 충분히 예상할 수 있다.

아아, 저는 사회인이 되고 혼자 살면서 제 냉장고 속에서 온갖 음식들이 썩어가는 모습을 목격해왔거든요. 야채, 고기, 생선은 말할 것도 없고 달걀을 일 년 이상 방치한 끝에 만지는 것조차 무섭다는 생각을 한 적이 있습니다. 용기를 쥐어짜 슬쩍 들어보니 마치 깃털처럼 가볍더군요. 안쪽까지 완전히 말라버린 것이지요. 어떻게 그렇게 되도록 방치할 수가 있었을까요……

냉장고란 게 의외로 깊이가 깊다. 그래서 오래된 식료품을 안쪽으로 쭉쭉 밀어넣다보면 언젠가 화석이 된다. 게다가 보고 싶지 않은 심리까지 작용하기 때문인지, 음식을 상하게 만드는 건 생각보다 인간의 정신에 깊은 생채기를 낸다. 인간은 이기적인가 하면, 또 의외로 완전히 그렇지도 않다. 낭비를 하면 마치 '나 자신을 낭비한' 느낌을 갖게 되기도 한다. 그런 나를 돌아보기 싫어, 화석이 된 걸 알면서도 못 본 척한다. 몇 년을 방치하다가, 이사를 한다거나 하는 어쩔 수 없는 상황에 직면하면 그제야 겨우 버리기도 한다(실화입니다).

최근 식품업계에서는 이런 낭비를 줄이기 위해 방침을 재점검하고 사원 교육, 보관 기간을 늘일 수 있는 용기 개발 등 노력을 기울이고 있다고 한다.

다 좋다.

그런데 근본적으로 뭔가 잘못된 게 아닐까 하는 생각이 머릿속을 떠나지 않는다.

극단적으로 말하면, 먹을 수 있는 음식이 버려진다는 것은 현재 우리나라에 식품이 넘쳐나고 있다는 뜻이다.

식욕을 아무리 자극해봐야 한 사람이 먹을 수 있는 양엔 결국 한계가 있다. 그렇다면 우리나라에 사는 모든 사람이 먹을 수 있는 총량에도 한계가 있을 것이다. 그런데 그 양을 훨씬 웃도는 식품이 시장에 나오고 있는 것이다.

그 결과, 팔다 남은 것은 업계의 '식품 낭비'가 되고, 일단 팔렸지만 먹지 못한 것은 가정의 '식품 낭비'가 된다.

단지 그뿐이다.

그러니 아무리 대책을 강구한들 '먹을 수 있는 정도를 웃도는 양의 식품이 팔리는' 현실을 바꾸지 않는 한, 아무것도 바뀌지 않을 것이다.

'삶의 크기'를 보이지 않게 만들다

냉장고가 없던 시절, 음식을 보관하는 데에는 한계가 있었다. 당연히, 사람들이 한 번에 살 수 있는 양에도 한계가 있었다.

그런데 냉장고가 생기면서 사람들은 '얼마든지' 먹을거리를 살 수 있게 되었다. 오늘 다 먹지 않아도 되니까. 식품업계로서 이것은 엄청난 기회였다. 사람들은 이제, 다 먹을 수 없을 만큼 사게 되었다. 언젠가 먹을 테니까 괜찮다고 스스로를 설득하면서.

그야 '언젠가' 다 먹는다면 아무런 문제가 없다. 하지만 현실은 그렇지가 않다. 사람들은 끊임없이 '언젠가' 먹을 것들을 사들인다. 그러나 사람이 먹을 수 있는 양에는 결국 한계가 있다. 그러니 대부분은 버려진다. '음식을 사고 버리는 문화'는 어쩌면 냉장고 때문인지도 모르겠다. 대량 생산, 대량 폐기. 이것이 경제를 움직여왔다.

냉장고라는 존재는 내 삶의 본질을 보이지 않게 만들어버린 게 아닐까.

'먹는 것'이란 '산다는 것'이다. 먹을 수만 있다면, 어떻게든 살아갈 수 있다. 격차와 빈곤이 사회문제로 대두되고 누구나 언제 어떻게 빈곤에 직면하게 될지 모르는 시대이기 때문에, 이는 모두가 관심을 가져야만 할 중요한 문제이다.

대체 무엇을 얼마나 갖고 있으면 내가 '먹고 살아갈 수 있는가', 이것을 분명히 해두지 않으면 미래의 불안에 대처할 수 없다.

그러나 정말로 '먹고 산다'는 게 어떤 건지, 우리는 그 기준을 잃어버렸다.

마트에 가면 많은 사람들이 '할인 상품'과 '특별 판매'와 '원 플러스 원'이라는 문구에 이끌려 이것저것 장바구니에 집어 담는다.

'언젠가' 먹으면 되니까. 물론 그 '언젠가'는 쉽게 잊힌다. 냉장고 안은 '언젠가 먹을 식품'으로 넘쳐, 관리가 불가능해진다. 아니, 이제는 아무도 제대로 관리하려 들지 않는다.

냉장고는 '먹는 것'을 '살아가기 위한 중심축'이 아닌 무언가 다른 것으로 변질시켜버렸다.

냉장고 안에는 사고 싶다는 욕구와 먹고 싶다는 욕구가 터질 듯이 가득 차 있다. 인간의 욕망은 멈출 줄을 모르고, 한번 들어간 대부분의 음식은 두 번 다시 꺼내지지도 않은 채 생을 마감한다. 음식은 이제 더 이상 음식이 아니다.

냉장고는 세상에 처음 나올 때에 비하면 믿을 수 없을 만큼 비대해졌다. 사람들의 욕망이 확대되어가는 모습 그 자체이다.

내가 어렸을 때에도 집에 냉장고가 있었지만, 그 무렵의 냉장고는 정말 자그마한 크기였다. 냉동고 공간은 아이스크림 몇 개를 넣으면 가득 찰 정도. 게다가 성에가 차면 공간은 더욱 좁아진다. 그래도 우리 네 가족이 먹고 살기에 충분했다. 그땐 지금처럼 마트가 장시간 영업을 하지 않았는데도 말이다.

지금은 이십사 시간 문을 여는 마트도 드물지 않다. 마트에 있는 냉장고를 언제든지 사용해도 된다는 뜻이다. 그런데도 모든 가정에 거대한 냉장고가 있고 그 안에 음식이 한가득이다.

이런 상황에서 먹고 사는 일의 골격은 잊히기 십상이다. 이래서는 먹고 사는 게 무엇인지 아무도 알 수 없게 된다. 욕망과 욕망이 아닌 것의 경계가 애매해졌다. 상황이 이렇다보니, 내게 정말로 필요한 것이 무엇인지 점점 더 알 수 없어지고 사람들은 멍하니 욕망의 지배를 받는다. 상실에 대한 막연한 두려움만 점차 커져갈 뿐이다.

그게 바로, 지금 우리의 불안의 정체가 아닐까.

우리가 정말로 두려워해야 할 것은 수입이 줄어드는 게 아니다. 우리는 우리 자신의 욕망 그 자체를 두려워해야 한다. 폭주하는, 더 이상 스스로 제어할 수 없게 된 막연한 욕망.

그 욕망에서 탈출하기 위해 필요한 것은 무엇보다 그 욕망의 정체를 제대로 파악하는 일이다. 나는 어떻게 하면 정말로 만족할 수 있을까, 그것을 정면으로 마주보는 일이다. 냉장고가 있다고 무작정 식료품을 채우며 결국 무엇이 있는지조차 알지 못하는 게 정말 내가 행복해지는 길인지, 제대로 다시 생각해봐야 한다.

욕망이 사라지는 기적

냉장고를 없앰으로써 나는 욕망이 사라졌다. 끊임없이 폭주하던 욕망이 급정지한 것이다.

그렇게 될 수 있었던 것은, 살아가기 위해 정말로 필요한 게 생각보다 많지 않다는 것을 실감했기 때문이다. 먹고 산다는 것의 정체를 파악했기 때문이다.

그걸 깨닫고 나는 마음이 편해졌다.

이렇게 적은 물건만으로도 살아갈 수 있다고 생각하니, 불안이 사라졌다.

불안이 사라지자 스트레스도 사라졌다.

스트레스가 사라지자 욕망이 사라졌다.

욕망은 불안을 잠식시키기 위한 달콤한 과자 같은 것이었는지도 모르겠다. 내게는 더 이상 달콤한 과자가 필요하지 않게 되었다. 단지 비유가 아니다.

다이어트는 쉽다.

냉장고만 졸업하면 된다.

냉장고를 졸업하자 정말로 '단것이 먹고 싶다'는 욕구가 사라졌다. 칼로리 계산도, 체중계에 올라가 일희일비하는 일도, 완전히 사라졌다.

단것뿐만이 아니다. 식사를 할 때도 적당히 공복이 가라앉는 정도로 만족할 수 있게 되었다. 더 이상 들어갈 수 없을 정도로 먹으면 실은 고통스럽다는 걸 이제 겨우 깨닫게 된 것이다. "맛있는 음식을 배불리 먹으면 행복하다"는, 지금까지 믿어 의심치 않았던 가치관은 저 멀리 1만 광년 너머로 날아갔다. 양껏 조금만 먹으라는 말은 하기는 쉬워도 행하기는 어렵다며 그런 고행 같은 생활은 절대 못한다고 여겼지만, 지금은 참을 필요성도 별로 느끼지 못한다. 그저 당연하다는 듯 양껏, 조금만 먹는다.

'언젠가'를 버리고 살다

결국, 음식으로 끝나지 않게 되었다.

'살아가기 위해 필요한 것은 아주 조금밖에 없다'는 충격은 지각변동처럼 나를 흔들어놓았다. 나는 이제까지 '필요하다'고 믿었던 모든 것들에 의구심을 품게 되었다.

산더미 같은 옷, 신발, 책, 화장품, 음식, 냄비, 나이프와 포크,

조미료, 수건, 시트…… 혼자 살면서, 몇 년 농성이라도 벌일 셈인 가 싶을 만큼 '언젠가 쓸 것들'이 집 안에 넘쳐나고 있었다.

하지만 언젠가는 과연 언제일까.

나는 그 모든 것들을 하나부터 열까지 재점검하기로 했다.

예를 들어 목욕 수건. 목욕 수건은 과연 필요할까. 내 몸 하나 닦는 데 커다란 목욕 수건이 무슨 필요가 있을까. 매일 씻어봐야 수건 두세 장만 있으면 충분하다.

예를 들어 나이프와 포크. 혼자 살기 시작할 때, 부모님이 결혼 식 답례품으로 받은 세트를 내게 주셨다. 그런데 내가 집에 손님 을 불러 식사를 하는 일이 앞으로 몇 번이나 있을까. 지금까지 몇 십 년을 살면서 그런 일은 손에 꼽을 만큼밖에 없었다. 게다가 포 크와 나이프로 먹는 요리를 요즘은 거의 만들어본 일이 없다.

그런 쓸쓸한 인생이라는 걸 이제 제발 좀 인정하자. 더 이상 적 은 나이가 아니잖아.

나는 모든 세트를 다 처분했다. 요리용 주걱도 거품기도 나무주 걱도 다. 대신 작은 나무 스푼 하나를 샀다. 식사를 할 때도 요리를 할 때도 겸용으로 쓴다. 혼자 먹을 요리를 만들 땐 이걸로 충분하다.

예를 들어 조미료. 자칭 요리를 좋아한다는 인간들에게 자주 나타나는 습성인데, 나는 서양, 중국, 한국, 동남아, 일본, 세계 각국의 향신료와 조미료를 갖고 있었다. 그것도 모두 처분했다. 남은 향신료는 후추와 카레 가루, 조미료는 소금과 간장과 된장과 식초뿐이다. 과자 만드는 재료도 두루두루 갖추고 있었는데 그것도 모두 처분했다. 이제 집에선 '말라비틀어진 야채'만 만들기로 했다. 맛있는 음식과 과자를 먹고 싶을 땐 나가 먹으면 된다. '기름 빼는 소쿠리'도 처분했다. 집에서 자주 튀김을 만들어 먹었던 것도 아니다. 아니 거의 만들지 않았다. 그렇다면 더 이상 집에서 튀김을 하지 않겠다고 결심하면 되지 않을까. 튀김요리에는 상당한 기술이 필요하기 때문에 내가 만들어서 맛있는 튀김이 나온 적이 없었다. 이자카야에 가서 주문하면 되는, 갓 튀긴 고로케가 훨씬 맛있다. 고로 나는 앞으로 평생, 집에서 튀김을 만들어 먹지 않을 것이다. 그것으로 됐다.

여기까지 생각하다가, 문득 느꼈다.

나는 무엇을 하고 있는 걸까.

나는 인생의 '언젠가', 다시 말해 인생의 가능성을 버리는 중이었다.

내 의지로 그런 짓을 저지를 날이 오리라고는 꿈에도 생각해본 적이 없었다.

계속해서 가능성을 넓히는 것이야말로 인생이 풍요로워지는 지름길이라고 믿어왔던 것이다.

하지만 정말로 그게 진정한 풍요로움일까.

가능성을 넓힌다는 명목 하에, 욕망을 폭주시키고 불만을 등에 업고 살아왔던 건 아닐까.

가능성을 닫고 산다.

나는 그 가능성에 내 인생을 걸어보기로 마음먹었다.

생활의 달인 1
무한한 '건조'의 세계

흠흠, 멋있게 보이고 싶어서 지금까지 몇 번이나 "냉장고 없이 사는 거 별거 아니다"라는 말을 했다. 하지만 나는 아직 그동안 쌓아온 노하우를 다 공표하지 못했다. 그러니 부디 좀더 내 얘기를 들어주시길.

음식은 냉장고에 넣어 보관하는 것이라고 여기며 살아왔으니 먹다 남은 걸 이제 어쩌지 하는 생각 자체를 태어나서 처음 해보았다. 그것만으로도 충분히 엄청난 도전이었다.

어쩌지 하며 고민해봐야 결국 말리든가 절이든가 둘 중 하나다. 내가 가지고 있는 쌀겨 절임 통은 크기가 작아서 절일 수 있는 양에 한계가 있기 때문에 대부분 말릴 수밖에 없다.

아무튼 나는 온갖 종류의 것들을 말린다.

이렇게 말하면 눈을 반짝거리면서 해보고 싶다고, 방법을 가르쳐달라고 하는 분들이 많은데, 방법이고 뭐고 특별한 게 없다. 남은 건 무조건 베란다에 있는 소쿠리 위에 올려놓는다. 베란다 소

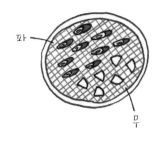

파

무

쿠리가 냉장고를 대신하게 되었을 뿐이라고 해도 무방하다.

　그리고 결론은, 그것으로 충분하다는 것이다.

　야채에 한해서는 말릴 수 없는 건 없다. 그리고 말리면, 무엇이
든 보존 가능하다. 요컨대 수분이 증발하면 상하지 않는다는 뜻
이다. 그리고 그 수분이란 게, 밖에 놔두기만 해도 증발해버린다.

　증발하는 속도가 얼마나 빠른지, 특히 내가 놀란 야채는 숙주
나물이다. 혼자 사는 사람이면 다들 수긍하겠지만, 숙주나물은
싸고 맛있는 식품 분야의 우등생이긴 한데, 하루에 다 먹기가 참
어렵다. 게다가 조금만 오래 보관했다가는 곧바로 이상한 냄새가
난다. 그러니 남은 숙주나물은 베란다 소쿠리 위로 직행이다.

　어느 날은 일을 끝내고 집에 돌아오니 세, 세상에나, 아침에 베
란다에 내놓은 숙주나물이 사라지고 없었다.

　그런데 어? 자세히 들여다보니 제자리에 아주 잘 있었다. 다만

그것은 내가 알던 그 숙주나물이 아니었다. 지푸라기 같은 갈색에 마치 실처럼 말라붙어가는, 그때까지 본 적 없는 물건. 숙주나물은 실은, 거의 수분으로 이루어져 있었던 것이다.

덧붙이자면 이 마른 실 같은 숙주나물, 먹을 수 있답니다. 게다가 맛도 숙주나물 그 자체! 맛있다고 해도 무방합니다. 그런데 한 가지 큰 결점이 이 사이에 낀다는…… 아무튼 그만큼, 건조의 위력이 대단합니다.

그것은 태양과 바람의 힘이다. 다시 말해 나는, 전기라는 에너지 대신, 누구에게나 평등하고 또 공짜로 쏟아지는 천연 에너지를 이용하고 있다.

이 에너지의 힘을 우습게 여기면 곤란하다. 바람을 맞으며 태양 광선을 쬔 채소들은 수분만 날아가는 게 아니다. 요리 시간도 대폭 단축시킨다. 아니, 단축이라는 표현으로는 섭섭할 정도다.

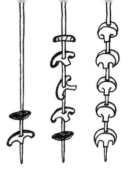

대나무 꼬치에 꽂고 커튼레일에 매달아 말린 버섯
제일 귀여운 게 양송이버섯

예를 들어보자. 나는 된장국을 좋아해서 끼니때마다 빼놓지 않는데, 냄비를 쓰지 않아도 되니 아주 간편하다. 국그릇에 된장과 말린 야채를 넣은 후 끓는 물을 붓고 저으면 끝. 이 방법을 쓰고 나서는 시판하는 인스턴트 된장국 따위, 장바구니에 넣을 생각이 깨끗하게 사라졌다.

이렇게 간편한 이유는 햇빛이 반쯤 요리를 해주었기 때문이다.

생각해보니 태양은 '불'이었던 것이다.

태양의 표면 온도는 섭씨 6,000도, 말 그대로 천문학적으로 센 불이다! 센 불에 먼 불! 요리사용 최첨단 부엌을 주문할 수 있는 처지에서나 실현할 수 있다고 믿었던 꿈의 '센 불에 먼 불'이 실은 내 집에 존재했던 것이다.

불이 멀다는 건(약 1억 5천만 킬로미터) 굉장한 일인데, 타지 않으면서도 맛이 한없이 응축되기 때문이다. 그렇기 때문에 다랑어 포를 넣지 않아도 내가 만든 된장국은 충분히 맛이 우러난다. 말린 야채가 진한 육수를 내주기 때문이다.

그리고 불의 세기가 장난이 아니다. 바로 앞에서, '타지 않으면서도'라고 썼지만 계절과 날씨에 따라 이변이 있을 때도 있다. 폭염이었던 어느 날, 가지를 베란다에 두었더니 어느새 표면이 갈색으로 타버린 게 아닌가! 놀라서 만져보니 앗 뜨거! 하고 떨어뜨릴 만큼 열을 품고 있었다. 궁금해서 칼로 잘라보았는데 안쪽까지 뜨거웠다.

으음, 이건…… '구운 가지' 요리잖아!

새삼 태양의 위력에 놀랐다. 태양에너지 하면 모두들 '태양광발전'을 떠올리겠지만, 일부러 전기로 전환할 필요가 있을까? 있는 그대로 쓰면 될 것을!

지금 내게 태양은 가스레인지 같은 열원으로밖에는 보이지 않는다.

점심에 야채볶음을 만든다고 하자. 메뉴를 정하면 아침에 집을 나서기 전에 야채를 잘라 소쿠리에 올려둔다. 그리고 집에 돌아와 확인해보면 벌써 야채들이 축 쳐져 있어, 압도적으로 짧은 시간에 볶음이 완성된다. 햇빛이 반쯤 볶아주는 것이다. 가스 절약에도 도움이 된다. 우리는 이렇게나 멋진 자연의 사랑을 받으며 살고 있다.

그뿐만이 아니다. '건조'라는 보관 방법은 시간이 흐를수록 효율이 높아진다. 이 또한 장점이다. 냉장고는 그러지 못한다. 기껏해야 며칠을 연명할 수 있을 뿐이다. 냉동하면 좀더 연장이 가능하지만 오래 냉동한 음식은 맛의 변화를 피할 수 없다.

하지만 베란다에 두면 시간이 지날수록 바싹 마르고 언제까지나 보관이 가능하다. 맛이 변화하는 게 아니라 진화한다고 해도 무방하다.

아무리 생각해도 '기적의 보관법'이다.

냉장고 없는 식사

"이나가키 씨는 에도시대 삶을 목표로 하신다면서요."

인터뷰 때마다 그런 말을 듣는다. 이런, 우쭐대다가 어디선가 그런 말을 흘렸겠지, 식은땀을 흘리면서 일단, "아, 예" 하고 적당히 얼버무리곤 하는데, 실은 에도시대에 대해 나는 별로 아는 게 없다. 그 시대 삶을 목표로 하는 게 아니라 전기를 쓰지 않는 생활을 하다보니 좋건 싫건 옛사람들의 삶에서 지혜를 빌려오지 않을 수 없었다는 것이 더 정확한 표현일 것이다.

처음 에도시대에 주목한 것은 냉장고와 이별하기로 결심했을 때였다.

현대를 사는 사람들에게 냉장고를 버리겠다고 하니, 모두 경악하며 절대 불가능하다고 장담했기 때문이다. 하기야 당연한 반응이다. 경험은커녕 상상조차 한 적이 없었을 테니. 나 역시 그랬다. 냉장고 없이 사는 법을 현대인에게 물어봐야 답이 없다.

하지만 옛날 사람들은 다르다. 극히 평범한 사람들도 냉장고 없는 삶을 당연하게 받아들였다. 그들에게서 배우지 않을 수 없는 이유다.

생각해보면 우리의 삶의 방식이 너무나 짧은 시간 동안에 너무나 달라졌다는 것이 새삼 놀랍다.

당연한 말이지만, 오랜 세월 옛사람들은 모두들 냉장고 없이 살았다. 쇼토쿠 태자도 그렇고 세이쇼나곤도 그렇고, 오다 노부나가도 사카모토 료마도 히구치 이치요도, 모두들 그렇게 살았다. 아주 오랜 역사 속에서, 이 고온다습한 기후 속에서, 일 년 내내 먹을 음식을 보존하기 위해 조상들은 노력과 실패와 시련을 거쳐 분명한 성과를 냈다는 뜻이다.

그렇게 부지런히 쌓아온 지혜를 '전기'라는 압도적인 존재가 불과 백 년 동안에 완전히 밀어내고 말았다. 역시 전기는 무섭다. 그 힘에 새삼 놀랄 따름이다.

그렇기에 축적된 지혜를 배울 수 있는 가장 쉬운 교과서가 에도시대였다.

다시 오해가 생기지 않도록 서둘러 변명해두자면, 에도시대 문헌을 찾아 연구했다는 게 아니다. 솔직히, 그 교과서라는 것은 내가 좋아하는 사극이었다. 드라마나 영화를 볼 때마다, 사람들이 생활하는 장면, 예를 들어 식사와 요리 장면이 나오면 눈에 불을 켰다. 물론 드라마나 영화가 얼마나 정확하게 시대 고증을 거쳤는지는 알 수 없다. 하지만 그런 건 아무래도 좋다. 힌트를 얻을 수만 있다면 상관없다.

그렇게 얻은 힌트!

이게 내 비법일 것이다.

냉장고가 없는 식사는…… 소박하다.

잘나가는 무인 집안이라면 또 모를까, 서민들의 식탁은 거의

야채절임

밥, 국, 야채절임의 세상이었다. 부엌 장면을 보면 그도 그럴 게, 우선 부엌이 매우 비좁다. 불 피우는 곳도 한 군데뿐. 현대 주택처럼 3구 가스레인지 같은 게 있을 리 없다. 그래서 나무밥통에 들어 있는 밥이 당당한 주역이 된다. 아마도 아침에 밥을 짓고 나무밥통에 넣어뒀을 것이다.

그런데 이게 참 맛있어 보인다.

등장인물들도 하나같이 맛있게 밥을 먹는다. 쌀겨 야채절임을 오독오독 씹으며, 쓸어 담듯이 밥을 먹는다. 뜨끈한 국물까지 곁들이면 더없이 행복한 표정이다. 국물을 후루룩 들이켜고 후, 하고 행복한 숨을 내쉰다. 식은 밥에 뜨거운 국물이 있으면 따뜻한 식사 분위기가 만들어지는구나. 그래 맞다, 이러면 반찬을 만들어둘 필요가 없겠네. 매번 된장국만 만들면 되니까.

경우에 따라서는(사극에 따라서는) 집안마다 특기 요리가 나오기도 하는데, 이게 또 상상을 초월할 만큼 소박한 음식들이다.

후지사와 슈헤이의 원작을 토대로 만든 영화 〈황혼의 사무라이〉에는 가난한 하급무사인 세베의 아내의 특기 요리로 토란줄기 조림이 나온다. 토란줄기, 아시죠? 마른 나뭇가지 같은 갈색의 그것. 그걸 간장으로 졸였으니 색이 새카맣다. 짜게 졸이면 오래 보관할 수 있을 것이다. 이런 요리법엔 냉장고가 필요 없다. 이걸 세베가 정말 맛있게, 행복하게 먹는다.

　그렇다. 냉장고 없이 만드는 음식은 매일 특별한 변화가 없는, 이렇다 할 것 없는 소박한 것들이다. 인스타그램에 매일 올려봐야 아무도 좋아요를 누르지 않을 것이다. 된장국 건더기와 야채절임 재료가 바뀐들 매일 똑같아 보일 테니. 햄버그스테이크도 그라탱도 스파게티도 피망잡채도 없다.
　냉장고를 없앤다는 건 이런 식생활을 견뎌낼 수 있느냐 하는 것이다.

율무　　　매실 장아찌　　　발효 소금　　　락교

나는 우리 집 부엌을 살펴보았다.

요리는 내 몇 안 되는 취미 중 하나였다. 선반에는 전 세계의 향신료와 조미료가 가득했다. 기름 종류만 해도 네 가지. 스파게티, 달걀면, 쌀국수, 우동, 메밀까지 세계 곳곳의 면이 즐비하고, 박력분, 중력분, 메밀 가루, 전분 가루 등 가루 종류도 여러 가지다. 도구들도 상당하다. 프랑스제 냄비, 독일제 냄비. 푸드 커터, 볼, 거품기 같은 조리기구.

내가 요리를 좋아하게 된 건 언제부터였을까.

시작은 어머니 요리였을 것이다.

어머니는 원래 요리를 잘하는 편이 아니었다. 늦둥이 막내로 귀염을 받으며 자란 어머니는 결혼할 때까지 요리를 해본 적이 거의 없었다고 했다. 그러나 고도성장기의 열혈 회사원과 결혼해 '좋은 아내'가 되려고 노력한 어머니는 요리책을 열심히 들여다보며 새로운 요리에 도전했다.

서양요리, 중화요리, 일본요리. 매일의 식탁에 전날과 같은 음식이 올라오는 경우는 드물었다. 성실한 어머니는 처음엔 조리법을 충실하게 따르고 반복하다가 나름 변화를 주기 시작했다. 어머니의 요리 솜씨는 나날이 발전했다.

언니와 내가 자라면서, 요리는 모녀들의 공통 취미가 되었다. 새로운 요리책을 서로 보여주며 드문 식재료와 향신료에 과감히 도전하고, 이게 맛있더라, 저건 좀 그렇다, 이번엔 이걸 만들어보자, 식탁에 둘러앉아 도란도란 이야기를 나누던 날들은 우리 가족의 소중한 추억이었다.

나는 다행인지 불행인지 결혼하지 않았고, 취직하고 나서는 혼자서 요리를 만들어 먹었다. 일이 불규칙하고 외식도 잦은 탓에 요리를 매일 한 것은 아니다. 하지만 아름다운 요리책을 보고 완성도를 상상하면서, 내가 먹을 맛있는 음식을 만드는 일은 분명 내 생활의 활력소였다. 즐겁고 창조적이고 집중할 수 있는 일이었고, 업무의 스트레스를 해소시켜주는 귀중한 순간이었다. 서랍과 선반을 가득 채운 식재료와 부엌용품은 나의 꿈이었다.

그렇다, 냉장고 없이 산다는 건 그런 것이다.

나의 꿈을 포기하는 것이다.

앞으로는 전 세계의 맛있는 음식을 만들지 않을 것이다.

이런저런 인생의 가능성을 넓히는 것이 풍요로움이라면, 나는 그 풍요로움에 등을 돌리고 살아갈 것이다.

그것도 자진해서!

이런 날이 올 줄은 생각지도 못했다.

하지만 다시 생각해본다.

그게 과연 쓸쓸하기만 한 일일까.

맛있는 음식을 꼭 먹어야만 할까.

맛있는 음식이란 무얼까. 진귀한 음식을 먹는 것은 좋다. 진수 성찬도 좋다. 하지만 매일 먹는 밥을 감사히 먹는 것, 그것으로 충분하지 않을까. 아니, 내게는 그것이야말로 '새로운 맛'의 세계다. 미지의 세계다. 그렇게 생각하면 가슴이 두근거린다.

생각해보면 나도 조금 지쳤던 것 같다. 나 혼자 먹을 수 있는 양은 한계가 있는데, 꿈은 부풀어가기만 하고, 남은 식재료도 부풀어갔다.

문득, 내게 요리의 즐거움을 가르쳐준 어머니도 나이가 들었음을, 지쳤음을 실감한다. 손에서 힘이 빠지고 기억력과 시력이 나빠지면서 복잡한 요리책을 보며 음식을 만드는 게 점점 힘든 일이 되어가고 있다.

부모님을 찾아뵈면 어머니 베갯머리에는 늘 요리책이 어수선하게 쌓여 있다. 밑줄을 긋고 메모를 적으면서 어떻게든 그 요리를 만들려고 하는 어머니의 애타는 마음이 내 가슴을 아프게 했다.

지금의 어머니에겐 너무 버거운 일이다. 아마도 내가 없을 때, 어머니는 무언가를 만들려고 노력하고 또 노력하면서, 하지만 실제로는 어디서부터 손을 대야 할지 어찌할 바를 모르면서, 슬프고 서러운 기분에 사로잡힐지도 모른다.

그렇게 하면서까지 복잡한 음식을 만들어야만 할까.

어머니, 그만하세요. 복잡한 요리가 대수예요?

매일 같은 밥을 먹는다고 나쁠 건 없잖아요.

하지만 어머니는 좀처럼 수긍하지 않는다. 위를 바라보며 살아가는 삶은 박수를 받아 마땅하다. 하지만 위를 바라볼 수 없게 되었을 때, 사람은 무엇을 목표로 살아가야 하는가.

다시 사극 장면을 떠올린다.

매일이 밥, 된장국, 야채절임.

소박하다고? 아, 그래, 그게 뭐 어때서? 저렇게 맛있게 먹잖아.

저절로 화면을 향해 고개를 내밀게 되잖아. 저들은 왜 저렇게 맛있게 먹을까. 여러 가지 답이 있겠지만, 무엇보다 배가 고파서가 아닐까. 가난한 대식구이니까. "목구멍이 포도청"이 사극의 단골 대사니까.

위를 바라보며 살아간다는 것은 훌륭한 일이다. 하지만 그것만이 훌륭한 일은 아니다. 위를 바라보며 살아왔으니 이쯤에서 다른 방향으로 흘러가보는 것도 제법 즐겁다.

그리고 역시, 밥, 된장국, 야채절임은 기본이다. 기본이란 질리지 않는다는 뜻이다. 매일 먹는 식사는 사실 너무 맛있어서는 안 되는 것인지도 모른다.

맛있는 음식은 물린다. 그렇기 때문에 매일 맛있는 음식을 먹다 보면 매일 다른 메뉴를 먹어야 한다. 지금까지 나는 그걸 풍요로움이라고 생각해왔다. 어머니 역시 그랬을 것이다. 그리고 어머니는 그 때문에 지금 괴로워하고 계신다.

나는 어머니의 모습을 통해 무언가를 배워야 한다고 생각한다.

배추절임
만들기

말린다

소금

소금을 넣고 조물조물

고추와 다시마를 넣고 돌로 꾹-
식초와 물을 반반씩
2~3일 후 완성!

신맛이 난다

맛있다

5.

소유
말고
공유

(세상이 달라 보인다)

실패는 성공의 어머니

인생이란 예상하지 못한 곳에 많은 것들이 숨겨져 있는 법이다. 물론 복병처럼 나타나 나쁜 쪽으로 굴러가게 만드는 일이 허다하지만, 좋은 쪽으로 굴러가게 만드는 일도 아주 없지는 않다.

드물게나마 '좋은 쪽으로' 굴러가게 만드는 건 어떤 때일까.

그걸 알 수만 있다면 인생이 얼마나 편할까.

그런데 최근에 내게는 그 '법칙'이 보이는 것도 같다.

대부분의 경우, 좋은 일이 시작되기 전엔 엄청난 역경과 어려움이 덮친다. 그리고 그 어둠이 깊을수록, 무언가 큰 것을 얻게 된다.

내 절전 생활도 마찬가지였다. 끝까지 가볼 생각이었는데 어쩌다보니 '전기화 맨션'에 살게 된 경위는 앞서 얘기했다. 내가 저지른 일이기는 하지만 정말 한심하기 짝이 없었다.

이제 나는 평범하게 살려고 해도, 집에서 밥을 먹고 목욕을 하는 최소한의 생활을 하려고 해도, 막대한 전력을 소비하게 됐다. 그때까지의 내 피나는 노력을 비웃는 악마와 같은 집이었다. 내 절전 생활 최대의 난관이었다.

솔직히 말할 수밖에 없겠지. 그때, 모두 다 포기하고 싶은 마음이 엄청난 속도로 밀려왔다. '먹는 것'과 '목욕'은 내 최대의 오락이었다. 좋아하는 음식에 좋아하는 사케를 곁들여 천천히 음미한다. 마음껏 취해, 열어젖힌 창문으로 하늘을 바라보며 아아 숨을 내쉰다. 그리고 기뻤던 일, 마음 상했던 일을 모두 돌아보며 욕조에 오래오래 몸을 담가 하루를 정리한다.

……이게 없이 무슨 인생인가! 이런 소소한 즐거움이 있었기에, 나는 이 별 볼 일 없고 고독한 인생을 어떻게든 견뎌왔던 것인데.

아무리 절전을 위해서라지만 먹는 것과 목욕만큼은 절대로 참거나 양보하고 싶지 않았다. 인생을 망가뜨리면서까지 하는 절전이라니, 너무 심하다. 너무 가혹하다.

그래서 처음엔 절전에 대해서는 잊어버릴까 싶기도 했다.

뭐 어때. 내 탓도 아닌데. 집 탓이지. 전기를 펑펑 쓰면서 요리하고 전기를 펑펑 쓰면서 목욕물을 받고…… 어쩔 수 없잖아! 뭘 하든 전기를 써야 한다잖아!

그런데, 그게 쉽지가 않았다.

잊어버리려고 해도 잊을 수 없었다. 대량 소비되는 '전기님'을 생각하니 속이 쓰렸다. 대량 살상에 손을 댄 기분. 상황이 이렇게 되자 나는 확신이 들었다. 이 넓은 땅에 나보다 전기를 소중히 생각하는 사람이 몇이나 될까. 내게 전기란 친구처럼 피가 통하는 존재가 되어버렸다. 절전이란 전기를 부정하는 행위가 아니라 전기를 소중히 여기는 행위다.

반짝반짝 빛나는 전기화 주택에서는 요리를 하면서도 목욕을 하면서도, 내게 즐거움을 주던 것들을 전혀 즐길 수 없게 되었다.

결국 나는 결심했다.

관리가 편하다, 스위치 하나면 다 된다, 그런 사소한 귀찮음을 피하려고 이런 집을 분양해온 게 지금까지의 우리였다. 원전 사고를 통해 그 대가를 톡톡히 치렀으면서도, 지금도 그 부의 유산은 여전히 남아 있고, 전기화 주택은 잘만 거래되고 있다.

이런 현실과 정면으로 마주해야 하는 것도 내게 주어진 시련이 아닐까. 내가 여기서 포기하고 도망친다면 에너지를 소중히 여기는 사회를 만들자고 호소할 자격을 잃게 되는 것이다.

좋아 그래, 까짓것, 전기화 주택에서 절전이란 걸 해보자!

이런 엉뚱한 짓을, 나 말고 대체 누가 하겠어!

IH 쿠킹 히터와의 싸움

이렇게 해서 도쿄 중심가 맨션에서 '전기화 주택 vs. 절전 얼뜨기'의 전면전이 시작되었다.

보는 사람은 아무도 없지만 아무래도 좋다. 누구 하나 칭찬해주지 않아도 좋아. 이건 내 마음의 문제니까!

그 커다란 도전 중 하나가 '냉장고와의 결별'이었다. 그 결과 정말 엄청난 것을 얻게 되었다는 이야기는 앞서 한 바 있다.

그런데 그뿐만이 아니었다. 전쟁은 계속됐다.

우선은 요리.

절전은 하고 싶다.

그렇다고 요리의 즐거움을 포기하거나 외식을 늘이거나 반찬을 사다 먹는 건 빈대 잡으려다 초가삼간 태우는 짓이다.

그래서 나 스스로에게 부과한 규칙은, 지금까지처럼 즐겁게 먹고 싶은 것을 만든다, 하지만 전기는 가급적 쓰지 않는다는 것이었다.

어떻게 그럴 수 있나! 다들 그렇게 생각할 것이다. 열 공급은 IH 쿠킹 히터밖에 못하는데.

가스버너를 쓰는 방법도 있었지만, 그건 열외로 했다. 그건 전면전이 아니었다. 도피 같았다.

보는 사람이 없을수록 이런 부분에서는 더 엄격해져야지, 그럼.

그리고 결론부터 말하자면, 어찌어찌 해냈다. 포기하지 않고 머리를 짜내다보면 지혜가 생기는 법이다. 필수품이라 여겼던 가전제품들을 몇 해 동안 버려온 경험이 큰 도움이 되었다.

지혜와 용기만 있으면 인생에 불가능은 없다. (아마도)

핵심은 열을 효율적으로 이용하는 것.

우선 깊고 보온성이 좋은 주물 냄비를 구입했다. 그리고 바느질을 잘하는 친구에게 그 냄비를 덮을 커버를 부탁했다.

조림과 밥은 뚜껑을 덮어 온도를 높인 다음 물이 끓으면 바로 스위치를 끈다. 그다음 커버를 씌워 몇 시간 둔다. 보온 조리 작전이다. 열 공급을 덜 하는 대신, '시간'이라는, 여태껏 생각해본 적 없는 자원을 활용하게 된 것이다.

자화자찬이 좀 쑥스럽지만 정말 멋진 아이디어였다. 밤에 끓여 커버를 씌워두면 아침엔 완벽한 조림이 완성됐다. 도시락을 싸느라 정신없이 요리하는 일도 없어졌다. 역시 필요는 발명의 어머니인가보다. 전기를 절약했을 뿐만 아니라 집안일까지 효율적으로 하게 됐다.

아이디어는 이 밖에도 많았다. 전기님을 사용해 끓인 귀중한 온수는 한 방울도 허투루 쓰지 않도록 머리를 굴렸다.

예를 들어 저녁을 먹을 때, 내가 시행착오를 거쳐 도달한 '궁극의 온수 이용법'은 다음과 같다.

① 주전자에 물을 끓인다.

커버

+

주물 냄비

+

방석

② 그 물에 정종을 부은 치로리를 넣어 술을 데운다.

③ 치로리를 꺼낸 후, 그 물을 된장과 건더기를 넣은 국그릇에 부어 된장국을 만든다.

④ 남는 물은 식전에 마신다. (식전에 따뜻한 물을 마시면 소화가 잘된다고 한다.)

⑤ 그러고도 남으면 보온병에 보관하고, 다음번 물을 끓일 때 넣는다.

……잘 쫓아오고 계시나요? 네네, 알고말고요. 이렇게 쓰고 보니 정말 없어 보이네요.

하지만 아이디어를 짜낸다는 건 이런 없어 보이는 것들을 쌓는 일이다. 이런다고 전기가 얼마나 줄겠냐고 묻는다면, 물론 아주 보잘것없을 것이다.

그러나 중요한 건 그게 아니다. 포기하지 않는 것. 사소해도 도전하는 것. 그래야 그다음 도전, 그다음 행동, 그다음 발상이 이어진다.

인생에서도 마찬가지가 아닐까.

포기하지 않는 것. 아주 사소한 것이라도 도전해보는 것.

발군의 보온성

절전이든 인생이든 끝이 없는 벽과의 싸움이다. 벽은 너무나 높으니, 그 높이에만 집중하다보면 모든 걸 포기하고 싶어진다. 하지만 포기하지 않으면, 사소한 것이라도 몇 번이든 도전하겠다고 결심하면, 아주 미약하게나마 가슴이 두근거린다.

그래. 그렇게 살아가면 되는 거야, 아마도……

치로리 + 주전자

전기온수기와의 끝없는 싸움

그런데 지금 돌이켜보니 IH 쿠킹 히터와의 싸움 따위는 서곡에 불과했다. 진짜 적수는 그게 아니었다. 정말이지 끝없는 전쟁이었다. 싸우고 또 싸워도, 돌아오는 것은 패배, 패배, 그리고 또 패배. 몇 번을 던져도 영원히 되돌아오는 공. 마치 하늘이 내린 징벌 같았다. 정말이다, 농담이 아니라.

진짜 적수는 전기온수기였다.

내 인생 처음 대면한 그 물건은 동거를 시작하고 헤어질 때까지 일 년여 동안 나를 지배하며, 나를 끊임없는 고민의 구렁텅이에 빠뜨렸다.

몸에 착 붙는 양복을 입은 잘생기고 젊은 부동산 업자를 앞세워 그 집을 처음 보러 갔을 때가 첫 만남이었다.

"이 집은 인기가 많아서 바로바로 빠지거든요" 하고 소개받은 그 번쩍거리는 맨션이, 설마 전기화 주택이라고는 상상도 못했다.

그런데 현관문을 열고 들어선 순간, 나는 이상한 이질감을 느꼈다. 바로 눅눅하고 따뜻한 공기였다.

계절은 7월 초순. 꽁꽁 닫힌 빈집을 보러 들어갔으니 더운 게 당연하겠지만, 그래도 햇볕이 닿지 않는 그늘진 현관 주변의 그 눅눅한 공기는 뭔가 이상했다. 따로 설명이 없어서 '통풍이 잘 안 되나?' 멍하니 생각하는 사이, 집 보기가 끝이 났다. 그리고 인연이 닿아 그 집을 빌려 살게 되었다.

이사를 하고 나서야 그 원인을 알 수 있었다.

그것은 현관 바로 옆을 차지한 전기온수기의 소행이었다.

앞서 말했듯이, 전기온수기란 값싼 심야전력으로 물을 끓이고 그걸 탱크에 저장했다가 사용하는 시스템이다. 그 탱크가 현관 옆 작은 수납공간에 자리를 차지하고 앉아 있었다. 천장까지 닿는 커다란 탱크였다.

조용히 발열하고 있던 그것이 무엇을 뜻하는지, 당시에는 알지 못했다. '더운 건 이 녀석 때문이군.' 그렇게 생각했을 뿐이다.

설마, 그것이 전쟁의 시작인 줄은.

무서운 컴퓨터

'대작전'의 시작은 욕실에서 사용하는 물 절약이었다.

귀중한 전기님을 대량으로 사용해 끓인 물이다. 주전자 물 따위 상대가 되지 않는 엄청난 양이다. 목욕이란 정말이지 대량의 에너지를 소비하는 행위구나, 다시 한 번 놀라게 된다.

그 귀중한 물을 함부로 써서는 안 된다.

그러나 내겐 승산이 있었다. '물 절약'이라고 하면 후줄근한 인내심으로 들리겠지만, '반신욕'이라고 말을 바꾸면 우아해진다.

목욕을 좋아하는 사람도 여러 유형으로 나뉘겠지만, 나는 물속에 오래 있는 편이다. 물을 조금만 받고 허리까지만 담가 오래도록 천천히 앉아 있는 건 인내도 무엇도 아니었다. 반신욕이 전신욕보다 건강에 좋다고도 하고. 사람이 나이를 먹으면 그 어떤 정보보다 '몸에 좋다'는 말에 약해진다. 몸에 좋은 걸 발견하면 기쁘다. 이걸로 전기온수기 문제는 쉽게 해결되지 않을까?

그러나 문제는 그렇게 만만하지 않았다.

충격적이게도 나의 전기온수기는 물이 줄든 말든, 내가 물을 열심히 절약하든 말든, 매일 밤마다 다시 물을 끓여댔기 때문이다.

시간이 지나면 모든 물은 식기 때문이다.

그래, 탱크에서 열이 난다는 것은 열이 날아가고 있다는 뜻이었구나! 현관이 덥다는 것으로 끝날 문제가 아니었다.

그렇다면 다시 한 번 전기화 주택의 불합리성을 따져보지 않을 수 없었다.

'한밤중에 남는 전기를 쓴다'는 말은 언뜻 친환경적으로 들리기도 한다. 하지만 쉽게 말해서 온수를 쓰고 싶을 때 일부러 몇 시간 전에 끓여놓았다가 그 온수를 쓰는 사람이 과연 존재할까. 그런 아까운 짓을 누가 하려 들까.

그런데 그걸 시스템화하는 게 바로 전기온수기이다.

전기온수기의 최대 약점은 한밤중에 끓여놓은 물을 다 써버리면 온수가 나오지 않는다는 것이다. '저렴한 심야전력을 사용하면 경제적'이라고 선전한들, "목욕하려고 했더니 물이 안 나오잖아, 이거 어떡할 거야!" 하는 불만이 쇄도한다면 아무도 전기화 주택에 살려고 들지 않을 것이다. 그런 사태를 막기 위해서는 심야에 가급적 많은 물을 끓여둬야 한다.

그렇게 프로그래밍된 컴퓨터는 매일 밤, 뜨거운 물을 거대한 탱크에 가득 담아두기 위해 쉼 없이 일한다.

이런 시스템을 통해, 주민들은 '물 쓰듯' 물을 쓸 수 있게 되는 것이다.

컴퓨터가 이렇게나 모범적인 까닭에, 인간이 '무언가'를 생각하려고 하는 순간, 이 컴퓨터는 곧바로 까다로운 적수가 되고 만다.

아무리 물을 절약해도 이 모범생 때문에 전기요금이 줄지 않았다. 이사 전에는 700엔대까지 줄였던 전기요금을 3,000엔 이하로 줄이기조차 쉽지 않았다.

3,000엔, 세상에 3,000엔이라니! 이때까지 내가 피땀 흘려 이룩한 절전은 무엇이었나. 문명이란 이렇게나 폭력적이고 헤어나기 힘든 것이다.

산 넘어 산

으음, 대체 어떻게 해야 할까. "저기 있지, 그렇게 매일 밤 애쓰면서 일하지 않아도 돼." 그렇게 전기온수기에다 대고 말하고 싶지만, 애석하게도 말이 통하지 않는다. 그러다 문득 어떤 생각이 번뜩이고 지나갔다.

기계에는 기계만의 언어가 있지 않은가. 상대에게 통하도록 전달하면 된다.

내가 향한 곳은 배전반이었다. 목욕물 끓이는 차단기를 밑으로 철컥 내렸다. "탱크에 물이 차 있는 동안엔 일할 필요가 없어"라고 그들만의 언어로 전달한 것이다.

일단 가득 찬 온수는 가급적 조금씩 쓴다. 그리고 다 쓰고 나면 그때 차단기를 제자리로 되돌린다. 다시 말해 "이제 물 준비해도 돼" 하고 말한다.

효과는 적지 않았다. 3,000엔대를 넘겼던 전기요금이 2,000엔 근처로 내려갔다. 좋았어! 역시, 하면 된다니까!

그러나 전쟁은 이것으로 끝이 아니었다. 컴퓨터의 성실함은 인간의 불성실함을 빈틈없이 채운다.

욕조에 물을 받으려면 그 순간엔 차단기를 원래대로 돌려놓고 스위치를 눌러야 온수가 나온다. 용무가 끝나면 꺼야 하는데, 서둘러 아침 준비를 하면서 샤워를 마친 후, 혹은 술에 취해 목욕을 끝낸 후, 깜빡 잊고 끄지 않을 때가 있었다.

갑자기 생각이 나서 아아아! 온수가 이렇게 많이 남았는데, 부탁을 한 것도 아닌데, 아니 솔직히 이건 민폐 수준인데, 물을 다시 다 데워놓았잖아! 그렇지만 때는 이미 늦었다. 컴퓨터는 눈 돌릴

틈을 주지 않는다.

이런 일이 되풀이되다보니 어느새 나에겐 전기온수기 군이 마치 인격을 지닌 존재처럼 느껴지기까지 했다.

이런 사람, 꼭 있다. 엄청 성실한데 도움이 되지 않는 후배. 안해도 되는 일이라고 분명 말했는데도, "그래도 규칙이니까요" 하고 듣지 않는다. "아니, 해줬으면 할 땐 꼭 얘기할게", 설득에 설득을 거듭해서 겨우 이해했나 싶지만, 그게 또 아니다. 한눈파는 사이에 "역시 규칙은 규칙이죠" 하면서 하지 않아도 될 일을 꼭꼭 해야만 직성이 풀리는 바른생활 신입사원!

게다가 "일을 했으니 월급을 받는 게 당연하잖아요"라면서 미안한 기색도 없이 돈(전기요금)을 요구한다. 교육을 해봐야 매번 똑같은 일의 반복이다. "너, 당장 일 그만둬!" 하고 소리치고 싶지만, 안타깝게도 그의 말마따나 이건 사장(가전제품회사)이 정한 '규칙'이다.

하여간 아무리 적수라지만 이런 경이로운 인내력과 참을성에는 혀를 내두를 수밖에 없었다. 그놈은 절대 포기하지 않을 것이다. 깜빡 잊거나, 실수를 하는 일도 없다. 오랜 시간이 지났다고 제풀에 지치는 일도 없다. 인간이 어떻게 해볼 도리가 없는 상대다.

"저기 있지, 그렇게 매일 밤 애쓰면서 일하지 않아도 돼."
전기온수기에다 대고 그렇게 말하고 싶지만, 애석하게도 말이 통하지 않는다.

인공지능이 발전을 거듭하면 인간이 인공지능에 의해 멸망하는 날이 올지도 모른다는 얘기가 솔솔 들려온다. 단언컨대, 정말로 맞장을 뜨는 날이 오면, 인간은 컴퓨터엔 절대로 못 당한다. 나는 전기온수기 같은 단순한 기계조차 이길 수가 없었다. 그들을 사람 형편에 맞춰 자유자재로 이용할 수 있으리라 믿는다면 그건 순진한 착각이다.

그게 일 년여 동안 전기온수기와 싸우며 내가 내린 결론이다.

그렇다. 나는 결국 패배를 인정하기로 했다.

유유자적 욕조 안에 몸을 담그는 소소한 일상의 행복을 확보하기 위해, 끊임없이 차단기에 온 신경을 곤두세우고, 그러다가도 어느새 깜빡 잊어버리고 "앗!" "또야?" 하고 아무도 들어주지 않는 독백을 내뱉으며 어깨를 축 늘어뜨리는……

이건 뭔가 모순이다.

유유자적은 개뿔!

그와의 평화적 공존은 원래 무리수였던 거야. 이제 인연을 끊어야겠다고 각오를 다졌다. 적당히 거리를 두고 사귈 수 있는 상대가 아니었던 것이다.

결국, 해고를 통고하기로 했다.

차단기를 영원히 내려두기로 한 것이다.

다시 말해, 나는 집에서 목욕하는 것을 포기했다.

그게 가능하냐고? 물론 가능하다, 도시에서는. 고맙게도 걸어서 십 분 내외 거리에 대중목욕탕이 있었다. 나는 그곳을 '내 목욕탕'으로 삼기로 했다.

이렇게 하여, 현관 옆에서 눅눅한 열기를 내뿜던 거대한 전기온수기 군은 영원히 차가운 상자로 변했다.

나는 패배한 것일까, 아니면 승리한 것일까.

아무 말도 없는 '그'를 바라보며 나는 잠시 감개무량해졌다.

그리고 문득 충격적인 사실을 깨달았다. 감개무량해질 때가 아니다.

해고 통고를 했다 해도, 그는 이 집에서 나가지 않는다. 그는 자기 방에 영원히 존재할 테고, 언젠가 만나게 될 그를 필요로 하는 사람을 계속해서 기다릴 것이다. 역시, 내가 진 건가…… 아니, 아니지, 그런 한가한 소리를 할 때가 아니지. 그때까지, 그의 방값은 누가 지불하지?

이런, 바로 나잖아!

가전제품의 거대함을 깨닫다

전기온수기란 물건을 본 적이 없는 사람은 상상도 못하겠지만, 그 크기가 엄청나다. 초대형 냉장고보다 큰 수준이다. 게다가 열을 내기 때문인지, 아니면 외관상 못생겨서 그런 건지 문이 딸린 '개인 방'까지 주어진다.

엄청난 월세를 무는 내 입장에선 이건 정말 무시할 수 없는 특급대우다. 이건 뭐, 중매결혼을 했는데 성격이 안 맞아 대판 싸우고 이혼한 남자가, 월세는 전부 나더러 내라 하고, 자기는 한쪽 방을 차지하고 눌러앉은 꼴이다.

그러나 냉정히 생각해보면 그런 식으로 매정하게 굴어선 안 될 일인지도 모른다. '편리함'을 위해 그를 고용한 것은 우리다. 그는 그 요구에 부응하기 위해 나름대로 몸을 불린 것뿐이다.

그것은 우리의 욕망의 크기이다.

욕망이 사라지자, 쓸모없는 크기만 남았다.

나는 문득 주위를 돌아보다, 무서운 사실을 깨달았다.

내가 헛된 월세를 지불해주고 있는 것은 전기온수기뿐만이 아니었다.

이미 코드를 뽑은 냉장고, 세탁기. 모두들 크기가 엄청나다. 냉정한 눈으로 다시 보니 외관상 특별히 훌륭한 것도 아니다. 아니, 딱 부러지게 말하면 못생겼다. 원래 '내게 도움이 된다' 싶으면 대체로 다 용서가 된다. 모든 게 나름 귀여운 구석이 있어 보인다. 그러나 도움이 되지 않는다 싶으면, 상황은 역전된다.

여태껏 내 욕망을 반성하는 일 없이, 그저 편리하다는 이유만으로, 물건을 손에 넣는 것만 목표로 삼고 살아왔다. 돈을 벌어 물건을 사면 편리하고 풍요로워진다고 믿었다. 무엇이 필요한지, 정말로 필요한지, 그것이 나를 풍요롭게 하는지, 그런 사고는 완전히 멈춘 채였다. 그렇게 물건은 계속 늘어났고, 늘어난 물건들에 둘러싸여 집은 점점 더 좁아졌고, 좀더 넓은 집을 얻기 위해 더 많은 돈이 필요했고, 악착같이 일하고 경쟁하고, 시간이 모자라 더욱 편리한 것들을 원하게 되고, 또 물건이 늘어나고…… 욕망은 악순환을 계속하며 커져갔다.

그런데 욕망의 안경을 벗었더니, 내 앞에 전혀 다른 풍경이 보인다.

그곳에는 비싼 돈을 들여가며 처치곤란 못난이 제품들을 사들이고, 그걸 놓아둘 곳을 마련하기 위해 누군가에게 부지런히 월세를 갖다 바치는 어리석은 내가 있었다.

대중목욕탕에서 소유를 의심하다

다시 한 번 생각해본다. 소유란 대체 무엇이었을까.

전기온수기와 전쟁을 치르고 진이 빠진 나는 근처 대중목욕탕에 다니게 되었다. 어쩔 수 없는 선택이었다. 하지만 이게 생각지도 못한, 새로운 세상으로 나아가는 입구가 되었다.

목욕탕 월드…… 오, 멋진데!

집 욕실과 대중목욕탕은 완전히 별개의 세상이다.

아니, 집 욕실이 과연 목욕탕이긴 했을까.

목욕을 하는 첫째 목적은 몸을 따뜻하게 데우는 것이다. 몸을 데우는 데 있어, 집 욕조와 대중목욕탕은 차원이 다르다. 집 욕조에 담긴 온수는 양이 적기 때문에 목욕하는 동안 식어버린다. 겨울철이면 더욱 그렇다. 들어가 있는 동안 물을 틀어놓아도 오래 있으면 몸이 금세 차가워진다. 유유자적 오래 있을 수 없다면 목욕이 대체 무슨 소용이야! 그렇게 마음속으로 외치며 결국 미묘하게 덜 데워진 몸을 이끌고 개운치 않은 마음으로 욕조 밖으로 나온다. 그리고 차가운 바깥 공기와 함께 몸이 식으며 목욕 타임은 끝난다.

곰곰이 생각해보니 몸이 데워지긴 했던 건지도 잘 모르겠다.

그러나 나는 어디 여행이라도 가지 않는 한, 이제껏 집 욕실 이외에는 다른 곳을 이용해본 적이 없었기 때문에, 다들 목욕은 이렇게 하는 건가 보다 했었다.

그런데 대중목욕탕에 다니면서 깜짝 놀랐다. 그 풍부한 물의 양의 힘이 집의 욕조와는 완전히 달랐다. 엄동설한이어도 목욕탕에서 나오면 한동안 땀이 식지 않는다. 아무리 기온이 낮아도, 뼛속까지 따뜻해진 몸은 집에 도착할 때까지도 식지 않는다.

아, 혹시 지금까지 나는, 집에서만 목욕하느라 손해를 본 건 아닐까? 손해를 본 건 목욕만이 아니었던 건 아닐까?

그뿐만이 아니다. 대중목욕탕은 사교장이기도 하다. 늘 같은 시간에 다니다보면, 자연히 아는 사람이 늘어난다. 다 근처에 사는 이웃들이다.

자랑은 아니지만 도심에 살면서 이웃들과 친근하게 대화를 나눠본 기억이 없었다. 그게 뭐 어때, 할지도 모르겠지만, 할머니들 이야기에 귀를 기울이다보면 평소엔 시시한 텔레비전 얘기나 날씨 얘기를 하는 것처럼 보이는데, "요즘 ○○ 씨가 안 보이는데 어떻게 지내나?" 하는 얘기가 빠지지 않고 나온다. 그리고 오랜만에 그가 나타나면 어떻게 지냈느냐, 몸은 괜찮으냐, 하는 질문 공세가 이어진다. 그도 열심히 대답한다. 치매기가 조금 있어서 말이지, 다리가 안 움직여서 있지. 괜찮아, 건강해 보여, 또 와야 해, 하고 필사적으로 이야기를 주고받는 할머니들.

이것이야말로 상부상조 시스템이 아닐까.

사람은 공적인 의료와 간병 시스템만으로는 살아갈 수 없다. 걱정해주고 격려해주는 사람이 존재해야 비로소 살아갈 기운이 생겨난다. 그런 대단한 일을 대중목욕탕은 아주 쉽게 해낸다. 사회 자본이란 바로 이런 게 아닐까.

아무리 기온이 낮아도, 뼛속까지 따뜻해진 몸은
집에 도착할 때까지도 식지 않는다.

그뿐만이 아니다. 대중목욕탕은 사회 교육의 장이기도 하다. 알몸으로 사람들이 모이는 곳에서는 지위도 경력도 재산도 아닌, 오직 '태도'만이 그 사람의 가치를 결정한다.

내가 기분 좋게 지내기 위해서는 다른 사람이 기분 좋게 지낼 수 있게 배려해야 한다. 옆 사람에게 물이 튀지는 않는가. 탕 안에서 조용히 매너를 지킬 수 있는가. 사용하고 난 바가지와 의자는 잘 씻어서 제자리에 갖다놓을 수 있는가. 그런 문제가 하나하나 시험대에 오른다. 다른 세대 사람들과 공존하고 서로 배우는 장소이기도 하다. 어릴 때부터 대중목욕탕에 다니는 아이들은 사회 속에서 살아갈 기술과 대화 능력을 키울 수 있을지도 모른다.

아이들 교육에 열심인 어머님들은 학원에만 보낼 것이 아니라, 일주일에 한 번쯤 아이들을 데리고 대중목욕탕에 다니길 권하고 싶다.

그러나 나의 이런 뜨거운 조언에도 불구하고 그럴 날은 아마 오지 않을 것이다. 이렇게나 훌륭한 목욕탕이, 1960년대 말을 정점으로 점점 줄다가 지금은 연간 약 이백 개씩 문을 닫는다고 한다. 단순 계산으로 보자면 이십 년 후엔 제로가 되는 숫자다.

왜 이런 일이 일어나고 있을까.

그것은, 그것이 우리가 꿈꿔온 풍요로움의 모습이기 때문이다. 무엇이든 다 집 안에서 해결하는 것.

다시 말해, 무엇이든 다 집 안에 '소유하는 것'.

욕실 말고 목욕탕

요즘 일주일에 한 번, 나이 든 부모님 집에 가서 요리를 하고 함께 식사를 한다. 노인의 기억력은 최근 기억부터 사라지기 시작하므로 화제는 자연히 옛날 추억이 중심이 된다.

부모님의 추억은 소유의 꿈과 즐거움으로 넘쳐난다.

냉장고가 없던 시절. 비교적 유복했던 외가에는 얼음냉장고가 있었다고 한다. 그걸로 수박을 차갑게 해 먹는 게 정말 맛있었다고, 냉장고가 없었던 아버지는 그게 너무나 부러웠다고 했다.

그런 얘기를 나누는 부모님 표정에선 분명 빛이 난다.

고도성장기는 '소유의 시절'이 아니었을까.

그런 시절을 살아온 두 분의 가장 큰 꿈은 '욕조가 딸린 목욕탕'을 갖는 것이었다.

신혼부부가 처음 살던 주택에는 욕조가 없었다. 대중목욕탕에 가지 못하는 날엔 물을 끓여 화장실에서 목욕을 했다는 이야기가 늘 나오는 레퍼토리이자 '가난했던 날들'에 대한 추억이다. 욕조가 있는 집으로 이사했을 땐 정말 기뻤다고, 부모님은 질리지도 않고 되풀이해서 말씀하신다.

목욕탕을 손에 넣은 부모님은 그 후, 냉장고, 세탁기, 전기밥솥, 컬러텔레비전, 에어컨, 전자레인지 등등 편리한 기계들을 차례차례 들이셨다.

자신이 소유하는 작은 공간 안에 식품을 쌓아두고, 편리한 기계를 갖추고, 집 안 공기를 따뜻하게도 차갑게도 하고, 물을 데우기도 하면서 집 안의 쾌적한 상태를 유지한다.

독립된 요새 같은 공간. 이것으로 우리 집은 완벽하다!

그런데 그것이 진정한 풍요로움이었을까.

요새가 완성될수록, 관계는 끊어진다. 우리는 고립된다. 귀찮은 상부상조가 없어도 살 수 있다고 믿는다.

그러나 곧이어, '안과 밖'을 나누고 차이를 만들면서 끊임없이 풍요로움을 경쟁하는 싸움이 시작됐다.

냉장고가 없던 시절, 사람들은 음식을 나눠 먹었다. 세탁기와 욕실이 없던 시절, 사람들은 세탁장과 대중목욕탕에서 만났다. 그곳에는 물론 정해진 규칙이 있었을 것이다. 규칙을 지키지 않는 문제도 적지 않았을 것이다. 다툼도 있었을 것이다.

하지만 그런 장벽들을 넘어서면서, 사소한 관계들을 쌓아가면서, 그렇게 하루하루를 지내면서, 언젠가 무슨 일이 일어났을 때 서로 돕는 힘이 생겨났을 것이다. '내가 너'였을 것이다.

그것 역시 그것 나름의 '풍요로움'이 아니었을까.

하지만 우리는 이제 '차이'가 없으면 풍요로움을 느낄 수 없게 되어버렸다.

그것은 덫이다.

도달할 수 있는 목표점이 없기 때문이다. 뭔가를 손에 넣더라도, 주위를 둘러보면 더 좋은 것, 더 많은 것을 손에 넣은 사람들이 있다. 겨우 손에 넣은 만족은, 곧바로 불만과 비참의 원천이 된다. 집 안을 차갑게 만들기 위해 에어컨 실외기는 밖으로 엄청난 열풍을 쏟아낸다. 더운 바깥과 비교해, '참 시원하다'며 우리는 만족스러워한다.

뭔가 잘못된 게 아닐까?

우리는 그저 '차이'만 만들면 되는가? 나의 풍요를 위해, 가난한 존재를 위안으로 삼으며?

그런 경쟁에 과연 도달점이 있을까? 어쩌면 그 도달점이 원전 사고였던 건 아닐까? 나만 좋으면 누군가를 밟고 올라가도 좋다는 사고방식이 원전 사태를 가져왔다. 이것은 결코 우연이 아니다. 우리는 지금껏 누군가를 밟으며 살아왔다. 아니, 지금도 누군가를 밟고 있다.

지역 전체가 우리 집이라는 사고방식

그래서 우리는 풍요로워졌는가? 다들 괴롭다고 아우성이다. 왜일까? 풍요로워지기 위해서는 무언가를 사야 한다. 그것도 끊임없이 사야 한다. 끊임없이 남과 비교해야 하니까. 끝없는 경쟁이 이어진다. 돈은 없어지고, 집은 좁아지고, 월세는 늘어간다.

어디가 끝인지, 아무도 모른다.

하지만 '안과 밖'을 나누는 사고방식 자체를 바꾸면, 재미있게도 세상이 달라 보인다.

예를 들어 냉장고. 실은, 코드만 뽑으면 언제든 졸업할 수 있는 물건이었다. 집 밖에 있는 냉장고, 즉 마트와 편의점 냉장고를 사용한다고 생각하면 굳이 집 안에, 농성할 것처럼 식료품을 쟁여두지 않아도 된다. 우리는 이미 집 밖에 거대한 냉장고를 갖고 있다.

목욕탕 역시 그렇다. 도심엔 아직 대중목욕탕이 남아 있다. 걸어갈 수 있는 곳에 대중목욕탕이 있다면 그곳을 내 집 목욕탕이라고 생각해도 된다. 그러면 특대형 욕조가 딸린 온천여관에 사는 것이나 다름없다. 전문가들이 청소도 해주고, 온수도 꽉꽉 채워준다. 이웃들과도 많이 알고 지낼 수 있다. 커피 한 잔 값밖에 들지 않는다.

소유하는 게 풍요로움이라는 믿음에서 한 걸음만 물러나면, 모든 게 달라 보인다. 코드를 뽑아보면 집 안과 밖이라는 사고방식이 어리석게 느껴진다. 소유가 아니라 공유라는 사고방식을 중심축에 놓고 생각하면 가전제품뿐만이 아니라 지금까지 쌓아온 온갖 물건들과 나와의 관계에 변화가 생긴다.

추위와 더위가 견디기 힘들면 도서관과 카페에 가서 시원함과 따뜻함을 나눠 받으면 된다.

책도 굳이 소유할 필요 없다. 다 읽고 난 다음엔 처분하거나 기부하면 된다. 우리는 이미 집 밖에 거대한 서재를 가지고 있다. 나는 근처 북 카페를 '우리 집 서재'라고 내 맘대로 정해두었다. 다 읽은 책들을 열심히 갖다 꽂는다. 다시 읽고 싶을 땐 언제든 그곳에 가면 되니까. 팔린다 해도 상관없다. 내가 좋아하는 책을 누군가가 마음에 들어 사준 것이니 오히려 기쁜 일이다.

옷도 마찬가지. 입지 않는 옷들은 다른 사람들에게 준다. 입을 옷도 중고 가게에서 산다. 다른 사람에게서 받는다. 우리는 이미 집 밖에 거대한 옷장을 가지고 있다.

이렇게 생각하면 '작지만 큰 우리 집'에서 살 수 있다. 비싼 월세를 지불하지 않아도 충분히 풍족한 생활을 누릴 수 있다.

친구도 늘어난다. 혼자 다 쥐고 있는 것이 아니라 공유함으로

써, 물건을 통해 다른 사람과 이어질 수 있다.

그리고 무엇보다, 나만 좋으면 된다, 차이를 만들면 부유해진다, 하는 그 끝없는 경쟁 지옥에서 빠져나올 수 있다.

내 '커다란 집'을 유지하기 위해서는 목욕탕집 사람과 중고 책방 사람과 중고 옷가게 사람과 카페 사람들이 다 건강히 잘 살아주어야 한다. 자연히 '타인에게 좋은 일은 나에게도 좋다'는 생각을 하게 된다. 그러니 나는 다른 사람을 위해 내가 할 수 있는 일들을 고민하게 된다. 그곳에 열심히 다니고, 말을 건네고, 친분을 쌓는다. '우리 집'(다시 말해 세상)을 좋은 상태로 유지하기 위해 노력하게 된다.

이렇게 생각하자 돈에 대한 사고방식까지 달라졌다.

지금까진 '같은 물건이라면 조금이라도 싸게 사는 게 이득'이라고 생각했다. 하지만 정말 그럴까? 싸게 사면, 나는 이득을 보지만 상대는 손해를 입게 된다. 이득을 보았으니 그걸로 됐다고 생각할지도 모르지만, 그런 행동이 반복되면, 손해를 보고 얼굴이 어두워진 사람들에게 둘러싸여 살게 된다. 친구 없는 세상을 살아가게 된다.

그렇게 살면서 나는 정말 행복해질 수 있을까.

내게 무언가를 제공해주는 사람에게는 오히려 내 쪽에서 더 많은 것을 지불해야 하는 게 아닐까. 일종의 '응원 티켓'으로 내가 아니라 상대에게 이득이 돌아가게 만들겠다고 생각하면, '지불하는 것'은 돈이 아니어도 된다는 깨달음을 얻는다. 때로는 웃음이거나, 때로는 고맙다는 인사이거나, 약간의 나눔이거나. 그렇게 하다보면 결국엔 내 삶을 풍요롭게 만들어주는 사람들이 점점 더 기운을 내게 된다. 강해진다. 친구가 되어준다. 그러면 나 역시 풍요로워진다. 그것이 이득의 진정한 모습이 아닐까.

'지역 활성화'도 이런 모습이 아닐까 하는 생각이 든다. 내가 좋아하는 지역으로 조금씩 바꿔가는 것. 도널드 트럼프 같은 부동산 업자가 아니어도 그런 일을 할 수 있다. 바뀌지 않는 정치에 대해 불만을 토로하며 살지 않아도 된다. 불안과 무기력함에 지쳐 분노 속에 살지 않아도 된다.

돈을 쓰는 것을 소비라고 생각하면, 돈을 쓰는 건 즐겁지만 동시에 괴로운 일이 되어버린다. 쓰고 나면 남는 게 없기 때문이다. 하지만 '소비'가 아니라 '투자'라고 생각하면 어떨까? 응원이란 투자니까. 투자한 돈은 줄지 않고 언젠가 나에게 돌아온다. 나는 내가 원하는 세상을 만드는 데 투자했기 때문이다. 그렇게 생각할 수 있으면 돈이 있든 없든 크게 연연하지 않게 된다. 그것만으로도 인생에 대한 두려움이 상당히 줄어들지 않을까.

　신문에 보니 오키나와 속담에 이런 게 있다. "서로 빼앗으면 모자라고 서로 나누면 남는다." 옛사람들도 알 만한 사람은 다 알고 있었던 모양인데, 나는 지금까지 모르고 살아왔다. 반세기를 살고 나서야, 원전 사고의 충격 속에 몇 년이나 괴로운 싸움을 하고 나서야, 이해할 수 있게 되었다.

　절전을 계기로, 내 세계는 생각지도 못한 부분까지 극적으로 변화했다. 어떻게 살아야 할지 알 수 없는 막막한 느낌은 사라졌다.

　음…… 그야말로 진정한 '혁신'이다.

회사를 그만두고 살게 된 집

그리고 결국 이런 일까지 벌어졌다.

지금도 때때로, 이건 꿈이 아닐까 싶을 때가 있다. 이 나이에, 어느 날 갑자기, 꿈꾸던 저택을 손에 넣게 된 것이다.

손에 넣었다고 하면 어폐가 있고, 빌린 집이다. 오해 마시길.

도쿄 도심에 살면서도, 나는 아침마다 나무에 날아든 새들의 지저귐을 들으며 유럽의 고성에 사는 공주님처럼 눈을 뜬다. 침대에서 우아하게 일어나 남향으로 크게 난 창문을 바라보면, 성 안 마을 같은 언덕과 하늘이 그림처럼 창틀 안에 담겨 있다.

물론 돈만 있으면 누구나 할 수 있는 생활인지도 모르겠다. 그러나 중요한 것은 나의 이 집이 믿기지 않을 만큼 저렴하다는 사실이다.

내가 지불할 수 있는 집값은 한정되어 있었다. 절전 생활 끝에 (물론 그게 이유의 다는 아니었지만) 회사까지 그만두게 되었고, 고소득자에서 실업자 신세로 전락했기 때문이다. 생애 첫 '스텝다운'을 각오하고, 미지의 삶에 대한 두려움 속에 미간에 주름을 잡고 살 집을 찾고 있었다.

그때 나타난 것이 이 꿈 같은 집이었다.

물론 집값이 저렴한 데는 이유가 있었다.

준공된 지 거의 오십 년, 도쿄올림픽 직후에 지어진 건물이다. 리모델링도 거의 하지 않았다. 당시 생활상을 반영하듯, 냉장고도 세탁기도 놓을 자리가 없다. 수납공간도 제로. 이불장, 옷장, 신발장은 물론 가스레인지도 없다. 아무리 싼 목조 아파트라도 이렇게까지 아무것도 없는 집은 드물다.

안내해준 부동산 사람이 미안한 듯이 "여기 사는 건 좀 어렵지 않을까요?" 하고 걱정했다.

아뇨, 아뇨! 여기 살 수 있고말고요!

아아, 놀라울 따름입니다.

기적이라는 건 정말 일어나기도 하는군요.

이거, 완전히 나를 위한 집 아닌가요?

내겐 냉장고도 세탁기도 텔레비전도 없다. 더 말하자면, 전기밥솥도 전자레인지도 청소기도 드라이어도 선풍기도 전기담요도 고타츠도 없다. 수납이 필요한 커다란 가전제품은 하나도 없다. 옷도 열 벌 정도, 책도 식기도 신입사원 시절 중고 가구점에서 산 책장 한 개로도 공간이 넉넉할 정도이다.

그런 나 말고, 이런 아름다운 건물에서 살아낼 수 있는 사람이

누가 있겠어요!

많을 리가요.

이렇게 해서 나는 이 멋진 공중 정원에 살 권리를 얻게 되었다.

인생에 무엇이 어떻게 도움이 될지는 알 수가 없는 일이다. 마치 나를 위해 이 집이 기다려준 것만 같다.

어라, 어디서 많이 들어본 이야기 같은데……

그래, 맞아! 신데렐라!

신데렐라는 아주 작은 유리 구두를 신을 수 있었기 때문에 성에서 열린 파티에 초대되어 운명의 왕자를 만날 수 있었다. 물론 누구나 그 유리 구두를 신고 싶었다. 욕심 많은 새언니들도 시도해보았다. 하지만 발이 커서 들어가지 않았다.

이 멋진 집도 마찬가지가 아닐까.

여기에 살고 싶은 사람은 많을 것이다. 그러나 이 집은 '유리 구두'다. 대부분 '필수품'이 너무 많아 이 집에 들어올 수 없다.

그래, 신데렐라의 유리 구두는 욕심의 크기를 재는 도구였구나!

난 발이 큰 아이였다. 심술궂은 언니들 말고 신데렐라가 행복해지는 이야기에 가슴이 두근거리면서도, "발이 커서 유리 구두를 신을 수 없는" 언니들이 발을 자르면서까지 구두를 신으려는 장면에서는 마음이 술렁였다. 나는 왕자님을 만날 수 없는 부류의 인간이로구나, 그렇게 생각했다.

그런데 어느새 나는, 절전 덕에, 발을 작게 만드는 데 성공했다.

그래, 인생은 얼마든지 바뀔 수 있는 거구나.

"왕자님, 기다려!" 하고 외치는 중년의 봄이다.

6.

이 세상에
쓸모없는 것은 없다
(어쩌면 나 자신을 위한 생각)

가전제품을 졸업했더니 회사까지

여기서 다시, 절전 생활을 하다보니 회사까지 그만두게 된 사연에 대해 아주 짧게 쓰려고 한다.

(물론 회사원이 회사를 그만둔다는 건 엄청난 일이고, 제대로 쓰기 시작하면 도저히 '아주 짧게' 쓰고 끝낼 수는 없는 일이지요. 그래서 이미 책을 한 권 출간했습니다. 자세히 알고 싶으신 분은 그 책을 읽어주세요.)*

---

* 한국에서는 '퇴사하겠습니다'라는 제목으로 출간되었다.

지금까지 여러 번 말했듯이 가전제품을 내다 버린 일은 내 생활뿐만 아니라 마음과 사고방식 자체를 크게 바꾸어놓았다. 달리 말하면, 세상에 없어서는 안 될 물건이 과연 있을까 하는 '위험한 질문'이 끓어오르게 됐다.

내가 절전을 하면서 내다 버린 것은 궁극적으로는 '전기'다. 기껏해야 전기, 그래도 전기. 우리는 어느새 전기 없이 하루도 살 수 없는 생활에 젖어 있다. 청소, 빨래, 요리 등등의 기본적인 삶 속에 가전제품은 마치 공기처럼 스며들어 있다. 정전이라도 되면, 사람들은 전기가 없으면 아무것도 할 수 없다는 걸 알고 새삼스레 놀란다. 현대인은 코드에 연결되어야만 겨우 생명을 유지할 수 있다고 해도 과언이 아니다.

그러나 나는 원전 사고에 등이 떠밀려 그 생명선을 하나씩 뽑아왔다.

두려움에 떨며.

혹시 이러다 죽는 건 아닐까 무서워하며.

그런데 결과적으로 어떻게든 살고 있다.

게다가 '없으면 안 된다'고 믿었던 것들이, 놀랍게도, 없으면 없는 대로 살 만하다. 아니 '생각보다 재미있고', 아니지, '정말이지 재미있고', 아니다, '없는 편이 정말이지 속 편하다'.

그것은 절전이 고통일 것이라는, 절전 생활은 인내의 생활일 것이라는, 내가 머릿속에서 상상했던 것과는 전혀 차원이 다른 세계였다.

편리한 것들에 둘러싸여 있던 내 삶은, 말하자면 필요한 영양과 약을 공급해주는 튜브에 연결된 중환자의 삶이 아니었을까.

튜브에 연결되어 있는 한, 생명을 연장시킬 수는 있다. 안심할 수 있고. 대신 침대에서 한 발짝도 나갈 수 없다.

내가 해온 일들은 튜브를 하나둘 떼어내는 일이었다. 말 그대로 결사의 각오였다. 그리고 굳은 결의로 그 일을 해냈다. 그래서 무슨 일이 일어났는가.

나는 침대에서 일어나 자유롭게 움직일 수 있게 되었다.

그렇다, '자유'다.

그때까지 나는 돈을 많이 벌어 사고 싶은 물건을 사는 게 자유라고 생각했었다.

그러나 '무언가를 손에 넣어야만 행복해질 수 있다'는 믿음은,

자유는커녕 불안과 불만의 원천일 뿐이다. 무언가를 손에 넣으면 그다음 손에 넣고 싶은 것이 생기는 법. 목표에는 영원히 도달할 수 없다.

진정한 자유란 그런 믿음에서 빠져나오는 것, 즉 '없어도 살 수 있는' 나를 발견하는 것. 더 이상 그 무엇도 갈구할 필요가 없다는 것을 체득하는 것. 그것이 아닐까.

그런데 모두가 그렇게 생각하는 것은 아니다. 그래서 나에 대해 '대단하다'거나, '애쓴다'거나, '참아야 할 일이 많아서 가엾다'는 식으로 생각한다. 초절전 생활을 언제까지 계속할 건지 물으며 진지하게 걱정해준다.

하지만 그만두는 일은 '절대로' 없을 것이다. 누군가 1억 엔을 주며 냉장고를 써달라고 해도 나는 한 치의 주저함 없이 단번에 거절할 것이다. 정말이다! 어떻게 탈출한 감옥인데 자진해서 다시 들어가겠는가.

그런 짓을 저지를 수는 없다.

그러다 문득 정신을 차려보니 나는 다른 코드 앞에 서서 가만히 바라보고 있었다.

바로 '회사'라는 거대한 코드였다.

'전기'라는 필수품뿐만 아니라 '월급'이라는 초필수품조차 포기할 마음이 생겨나버린 것이다(무모하긴 하죠).

그 결과 어떻게 되었는가. 결론을 내리기엔 아직 시기상조인지도 모르겠지만, 지금으로서는 '없으면 없는 대로 살 만하다'.

여기서 더 나아가 '생각보다 재미있다' '정말이지 재미있다' '없는 편이 속 편하다' 그런 경지에 도달할 수 있을까?

솔직히, 분명 그런 경지에 도달하리라 믿고 있다.

가전제품은 여자들을 해방시켜주었을까

이렇게 전기도 월급도 없는 '청빈한 생활'을 시작한 지 반년이다 되어가던 어느 여름날, 중학교 1학년짜리 조카아이가 방학 숙제 때문에 '취재'를 하고 싶다며 내 집을 찾아왔다.

슬쩍 보았더니 '이모가 짠순이 생활을 하게 되었다는 말을 듣고 흥미를 느꼈다'고 쓰여 있었다. 순간 욱 하고 화가 치밀었지만, 아직 중학생이 아닌가. 인생이 뭔지 모를 나이다. 인생이 뭔지를 아는 이모는 자상한 미소를 띠고, 말끔한 집을 소개시켜주었다.

지금 내 집에 있는 전기제품은 전등, 라디오, 컴퓨터, 휴대전화, 이게 다다.

건전지만으로도 지낼 수준이다. 전기요금은 한 달에 150엔 정도. 와, 여기까지 해내다니, 나 자신을 칭찬해주고 싶다.

사람들에게 이 말을 하면 "우와!" "대체 어떻게 살아?" 하고 경악을 금치 못하는데, 놀라기엔 아직 이르다. 회사를 그만두고, 이사한 집이 비좁고 수납공간이 마땅치 않아 옷이며 구두며 식기며 책이며 화장품까지, 가전제품뿐만 아니라 일용품을 거의 다 처분했다.

가스도 끊었다. 동네 목욕탕에 다니는 생활이 익숙해지자, 휴대용 가스버너로 요리를 하면 가스 계약 없이도 살 수 있을 것 같다는 생각이 들었기 때문이다. 실제로 지낼 만했다. 내 인생에서 가스 계약도 하지 않고 살아갈 날이 올 줄은 미처 몰랐다. 인생은 정말 알 수 없다.

이런 걸 두고 '짠순이 생활'이라고 논평한 조카. 그야 달리 표현할 말이 있겠는가. 괜찮다, 뭐. 이왕 온 김에 청소와 빨래, 요리 같은 집안일을 대충 해보게 했다.

남의 집인지라 긴장하고 조심스러워하긴 했지만, 집에선 해본 적 없는 힘든 일들을 묵묵히 해내는 우리 조카. 얼마나 대견하던지. 하지만 움직임이 너무 부자연스럽다. 참지 못하고 드라마에 나오는 시어머니처럼 잔소리를 늘어놓는 나. "좀더 손목 힘을 이용해서!"(두드리고 털기), "네모난 방을 둥글게 쓸면 어떡해!"(비질), "짤 때는 잘 개서 짜야지!"(빨래).

조카에겐 모든 게 처음이었다. 그야 그럴 것이다. 이 완벽하게 편리한 세상에서 나고 자란 조카가, 손으로 하는 일을 해본 적이 있을 리 없다.

그래도 호기심 덕분인지 잔소리에 기분 상하는 일 없이 내 생활에 관심을 보여주었다. 집이 한산해서 진심으로 놀랐는지, "우리 집엔 안 쓰는 물건들이 많은데" "나도 버려야겠어" 하기도 했다. 그러다 "엄마도 안 입는 옷이 옷장에 잔뜩 들어 있잖아" 하고 함께 온 언니에게 말머리가 향했다.

그만 뚱해진 언니. 언니는 잘 버리지 못하는 성격이다. 버리는 걸 싫어한다. "엄마한테 그런 소리 하기 전에 그 쓸모없는 애니메이션 용품이나 좀 버리시지" 하고 공격이 시작됐다. 이 무렵부터 분위기가 험악해졌다. "불평하고 싶으면 네 할 일이나 다 하고 나서 해" "저런 건 꼭 제 아빠를 닮았다니까……" 이런, 얘기가 이상한 방향으로 흐르네. 조카도 질세라 꼬박꼬박 말대답이다. "쓰지도 않을 거면서" "아깝잖아".

잠깐, 둘 다 문제가 있는 거겠지…… 말려들었다가는 언제 끝날지 모르겠다 싶어 두 사람을 다독여 집으로 돌려보냈다.

언니네 집에서는 집안일을 언니가 도맡아한다. 전업주부라 당연한 일이라고 생각하는 걸까. 언니도 딱히 싫어하는 것 같지는 않다. 하지만 두 아이를 챙기면서 집안일을 하는 게 녹록하지 않으리라는 것은 쉽게 상상할 수 있다. 그러니, 불평을 한다며 화를 내는 것도 이해가 간다. 불평을 하려면 할 일을 다 하고 나서 하라는 말이 나올 법도 하다.

그런 언니가 문득 내뱉었던 한마디가, 언니가 돌아간 후에도 가슴에 남았다.

언니는 가전제품은 여자들의 부담을 덜어주기 위해 생겨난 게 아니냐고 했다.

가전제품이 등장하면서 여성의 사회 진출이 늘어나지 않았냐고. 가전제품이 여성을 가사노동으로부터 해방시킨 게 아니냐고.

그런 가전제품을 부정하는 게 과연 옳은 태도냐고.

'가전제품의 아이'로 태어나

앞에서도 얘기했듯이 나는 고도성장기에 가전제품 제조회사 영업사원 가정에서 자라난 '가전제품의 아이'였다. 그래서 다른 사람들보다 훨씬 더 가전제품이 친밀하고 익숙했다.

무엇보다 우리 집은 내가 어렸을 때부터 최신식 가전제품을 발빠르게 들여왔다. 아니, 들여올 수밖에 없었다. 아버지 회사에서는 성과급의 일부로 반드시 자사 제품을 구입하도록 되어 있었으니까. 지금 생각해보면 말도 안 되는 사규지만 당시에는 다들 그것을 '혜택'이라 여겼다. 텔레비전, 세탁기, 전자레인지…… 이런 것들이 속속 등장할 무렵만 해도, 반짝반짝 빛나는 가전제품을 다른 집보다 먼저 들여오는 게 진심으로 기뻤기 때문이다.

앞으로 어른이 될 여자아이에게도 가전제품의 진보는 희망 그 자체였다. 그 시절은 여성이 본격적으로 사회 진출을 시작한 여명 기였다. 남자 못지않게 일할 수 있으려면 무엇보다 집안일에서 해방될 필요가 있었다. 그 시대의 포문을 연 게 가전제품이었다. 가전제품의 아이로서 그것은 자부심이기도 했다.

실제로 나는 많은 가전제품들의 덕을 보면서, 남자들에게 지지 않고 취직도 했고 그럭저럭 삼십 년 가까이 회사원 생활을 했다.

그런 내가 가전제품들을 모두 처분해버렸다. 방송까지 타게 되면서, 잘난 척이다. 같은 가전제품의 아이로서 언니가 의문을 던지는 것도 당연하다.

음. 뭐지?

가슴에 손을 얹고 생각해본다.

나는 정말로 가전제품을 통해 해방된 삶을 살았던 걸까. 아니, 가전제품이라는 것이 정말 여성을 해방시켰을까.

거창하게 '여성 해방'이라는 말을 꺼내지 않더라도, 집안일의 수고를 가전제품이 정말로 덜어주었을까.

으음.

으음.

가전제품을 처분했더니 가사노동 시간이 줄어들었다?

어렴풋이 이상하다는 생각은 했다.

여러 번 말했지만, 원전 사고를 계기로 시작한 절전 생활을 멈출 수 없다보니 결국 전등과 라디오와 컴퓨터와 휴대전화만 빼고 모두 처분한 후, 에도시대와 같은 삶을 살기 시작한 나. 그 결과, 일반적으로 생각하면 집안일이 부담스러워야 할 것이다.

그런데 그렇지가 않다. 아니, 좀더 분명히 말하자면 전혀 부담스럽지가 않다. 오히려 더 편해진 느낌까지 든다.

구체적으로 말하면, 청소와 빨래는 빗자루와 손빨래로 쓱쓱 해치워 십 분씩밖에 걸리지 않는다. 요리도 '밥과 된장국'이 기본이라 십 분이면 한 끼 조리가 끝난다.

왜지? 앞뒤가 맞지 않는다.

처음엔 내가 가전제품을 제대로 쓰지 못했던 게 아닐까 했다. 그래, 골동품이나 다름없는 것들뿐이었으니까. 이래봬도 아껴 쓰는 성격이라 삼십 년 전 혼자 살기 시작하면서 산 가전제품을 그대로 써왔으니.

지금 이 시대, 진화의 속도는 점점 더 빨라지고 있다. 최신 가전제품을 능숙하게 사용하는 사람들은 좀더 효율적으로 집안일을

하고 있을 거야. 그래, 틀림없어.

　그런데 아니었다.

　어떤 취직활동 관련 잡지 인터뷰에 응했는데, 이전에 간행된 잡지 몇 권을 사전 자료로 받았다. 거기에, 취업한 여성들의 가사 부담이 좀처럼 줄지 않는다는 내용의 기사가 실려 있었다. 음음, 하고 읽는데 세상에나, 총무청 조사에 따르면 여성의 가사노동 시간이 하루 평균 두 시간 반을 넘는다고 한다! 육아 시간은 별도고.

　뭐, 뭐, 뭐라고? 온갖 가전제품을 갖추어 살고 있지 않은가. 로봇청소기며 식기세척기를 쓰는 집도 늘어가는 추세다.

　덧붙이자면 남성의 가사노동 시간은 하루 십팔 분! 요리하는 남자, 육아 대디 같은 유행어로 세상이 요란하지만 사람들 의식은 별반 달라진 게 없는 것 같아 실망스럽다. 뭐, 그건 그렇다 치고, 결국 부부가 세 시간 가까이 집안일에 시간을 투자한다는 말이 된다.

　아아, 놀랄 노, 자다!

　내가 매일 집안일에 투자하는 시간은 앞서 말했듯이 청소 십 분, 빨래 십 분, 점심밥 십 분, 저녁밥 십 분, 합계 사십 분. 넉넉히 잡더라도 한 시간이 채 안 된다. 그리고 지겹게 되풀이하자면 가전제품을 전혀 쓰지 않고서도 이 시간이다. 그뿐만이 아니다. 가전제품을 쓰던 때보다 훨씬 정돈이 잘 되어 있다. 가사노동 시간이 줄어들었을 뿐만 아니라 성과도 높아졌다는 뜻이다. 결국 가전제품을 쓰지 않는 편이 가사노동을 효율화시킬 수 있다는 말이기도 하다.

혼자 살기 때문이라는 말을 들을지도 모르겠다. 한 가정의 주부와 독신은 가사 부담의 측면에서 꽤 차이가 날 것이다. 그렇다고 해도 너무 큰 시간 차이가 아닌가. 그리고 내 과거와 현재를 비교하더라도 '가전제품이 있던 시절'보다는 지금이 훨씬 집안일 부담이 줄어들었다.

아아, 어쩌면……

가전제품이란 것은 생각과 달리 집안일을 전혀 덜어주지 못하는 건 아닐까!?

아니 오히려 부담을 가중시키는 게 아닐까 하는 의혹이……!

놀랄 만한 데이터는 더 있다. 같은 기사에서 보니, 최근 십 년 동안 여성이 집안일에 들이는 시간이 전혀 줄지 않았다는 결과가 있었다. 가전제품은 점점 더 진화하는데도 말이다.

가전제품은 여성을 집안일에서 해방시켜주지 못했잖아.

으음.

으음.

대체 왜 왜 이런 일이 벌어졌을까.

가전제품 도입에 흥분했던 과거의 우리 집 풍경은 대체 무엇이었나.

다시 한 번 나의 가전제품 인생을 돌이켜보다

아버지는 가전제품 제조회사 영업사원이었다.

그 시절, 가전제품은 정말 불타나게 팔렸다. 전쟁이 끝난 지 얼마 지나지 않아 '신기神器 3종 세트'라 불리던 텔레비전, 냉장고, 세탁기가 등장하면서, 편리한 물건들을 끊임없이 사들이며 윤택해지고 싶어하는 사람들의 에너지가 용광로처럼 들끓던 시절이었다. 사람들은 신상품을 사는 게 '풍요로움'과 직결된다고 믿었다.

그 덕에 일용할 양식을 얻을 수 있었던 우리 집 역시 그랬다.

아니, 우리 가족에게 가전제품은 정체성이나 다름없었다. 사원 할인 혜택이 있었던 덕에, 축축한 단층 목조건물, 비좁은 사원 주택에 사는 결코 부유하지 않은 우리였지만, 신상품 가전만큼은 여느 부잣집 친구네 집보다 일찍 들일 수 있었다.

기억을 더듬어보면 근처 어느 집보다 빨리 컬러텔레비전이 들어온 게 가장 강력한 체험이었다. 크고 좋은 집에 사는 친구들까지 컬러텔레비전을 보러 우리 집에 몰려왔다. 어린 나는 너무나 자랑스러웠다.

그 무렵, 가전제품은 그만큼 스타성이 있었다. 신상품이 나올 때마다, 사람들의 삶을 완전히 변화시킬 것만 같은 두근거림이 가득했다.

흑백 영상이 컬러로 변한 것만이 아니었다. 세탁과 탈수를 따로 하는 세탁기가 전자동이 되면서 빨랫감과 세제를 붓고 버튼만 누르면 모든 작업이 끝나게 됐다. 믹서기가 등장하면서 집에서 야채와 과일로 주스를 만들 수 있게 되었다. 전기담요가 등장하면서 추운 겨울에도 이불 속에 들어가는 순간이 괴롭지 않게 되었다.

어린 마음에는 그 모두가 꿈같은 일이었다.

전자레인지라는 마법

그리고 뭐니 뭐니 해도 가장 큰 사건은 전자레인지의 등장! 그것은 '마법'이라고밖에 할 수 없는 충격적인 일이었다.

당시엔 신상품 사용법을 일반 소비자들에게 소개하기 위해 가전제품 회사가 전시회를 열었다. 특히 전자레인지는 그때까지 없었던 신개념의 제품이었던 까닭에 대대적인 홍보가 이루어졌다. 어쩌면 그게 아버지 인생에서 가장 화려한 무대였는지도 모르겠다. 우리 가족은 나들이옷을 빼입고 전자레인지 전시회를 보러 갔다.

초등학생이었던 내게 그것은 완연한 미래 세계였다.

유니폼을 입은 예쁜 언니들이 함박웃음을 띠며 맞이했고, 전시장 여기저기 놓인 네모난 상자(전자레인지)에서는 세련된 서양 요리들이 마술처럼 만들어져 나왔다.

지금 생각해보면, 수많은 손질 과정을 거쳐 마지막에 전자레인지에서 나온 것들인데, 당시엔 마법 상자에 주문을 외면 정말로 요리들이 자동으로 쏟아져 나오는 것처럼 보였다.

그중에서도 제일 충격적이었던 게 '물수건'. 전시장 입구에 예쁜 언니가 서서 들어가는 사람들에게 전자레인지로 돌린 뜨끈뜨끈한 물수건을 나눠주었다. 우리 같은 서민들의 일상생활에 '물수건'이 등장하는 일은 단 한 번도 없었기 때문에 초등학생이었던 나는 '전자레인지만 있으면 뜨거운 물수건이 만들어지는구나!' 하는 감동을 받았다.

이런 착각은 나만의 잘못은 아니었다.

'가전이 만들어가는 가정의 행복.'

이것이 아버지가 다니던 회사가 당시 내걸었던 캐치프레이즈다. 그 정점이 전자레인지의 등장이 아니었을까.

단순히 집안일이 편해지는 게 아니다.

신상품을 사면 꿈같은 삶을 살 수 있다.

평범한 일상이 텔레비전 드라마 같은 세계로 변한다.

내게는 '물수건이 만들어지는 삶'이 그러한 상징이었던 것이다.

전시회가 끝난 후, 물론 우리 집에는 바로 전자레인지가 들어왔다. 이로써 우리 집에도 '미래 세계'가 도래하겠구나 싶었는데, 마법의 상자는 생각보다 까다로운 존재였다. 밥을 데우면 표면이 딱딱해지면서 이상한 냄새가 났고, 고기를 해동하면 속은 여전히 얼어 있는데 표면이 탄 것처럼 변했고, 음식을 씌운 랩은 쭈글쭈글 괴상망측해졌고, 금속 용기는 넣으면 안 된다는 식의 금지사항들도 많았다. 역시 꿈을 이룬다는 건 쉽지 않은 일이었다.

결국 우리 집 전자레인지는 얼마 안 가, '이런저런 불편함이 있지만 밥과 고기를 해동시킬 수 있는 상자'로 변했고, 기대와는 달리 뜨거운 물수건이 만들어져 나오는 일은 한 번도 일어나지 않은 채 세월이 흘렀다. 그렇지만 우리 집의 삶은 크게 변화했다.

언제든 해동할 수 있는 기회를 얻음으로써 '냉동'이라는 습관이 정착했고, 너무 많이 사거나 너무 많이 만들더라도 일단 냉동하면 된다는 발상이 생겨났다. 이건 그때까지의 생활에는 없었던 선택지였다. 이런 습관과 발상은 냉장고와 세트가 되어 우리의 삶속에서 뿌리를 내려갔다. 집에 사두는 식료품은 점점 늘어났고 냉장고도 점점 커져갔다. 전자레인지 등장 전의 '구입→단기 저장→사용'이라는 사이클은, 이제 '구입→초장기 저장→사용'이라는 사이클로 변화해갔다.

전자레인지는 다시 말해, 우리 삶의 '크기'를 키웠다.

삶의 '가능성'을 넓혔다고도 말한다.

그걸 우리는 '풍요로움'이라고 불렀다.

점차 늘어난 수수께끼 같은 가전제품들

하지만 이 무렵부터 우리 집은 끊임없이 쏟아지는 신상품에 피로감을 느끼고 있었다.

사원 할인으로 신상품을 살 수 있다며 기뻐하던 시절은 한순간에 불과했고, 상여금의 일부로 회사 제품을 구입해야 한다는 의무감에 점점 중압감을 느꼈다. 신기 3종 세트가 세상에 보급되면서 가전제품은 점점 더 세분화되고 전문화됐다. 어린 마음에도 '이게 뭐야' 싶은 가전들이 속속 등장했다.

떡방아기, 제빵기가 집에 도착해 포장을 풀 때는 "와아" 하고 흥분했지만, 막 찧은 떡과 막 구운 빵을 매일 먹고 싶을 리 없다. 게다가 걸리는 시간 대비 완성도를 생각해보라. 몇 번의 시도 끝에 이것들은 창고로 직행했다.

특히 잊을 수 없는 게 '달걀 삶는 기계'였다.

포장을 풀자마자, '이게 뭐야……' 하는 미묘한 분위기가 흘렀다. 전기밥솥만큼 커다란 장치가 오로지 달걀을 삶기 위해서만 존재한다. 스위치 하나만 누르면 반숙이니 완숙이니 자유자재로 변화를 줄 수 있다는데, 그냥 시간을 재서 끓이면 되잖아! 예상대로 한 번도 사용되지 못한 채 창고로 직행했다.

그런데도 상여금 때마다 가전제품을 계속 사야 했다. 이쯤 되면 괴롭힘 수준이다. 얼마 안 되는 수입으로 필요도 없는 물건들을 왜 사야 하는가! 그런 불만이 쌓여갔다. 당연히 회사 매출도 한풀 꺾이기 시작했고, 이 무렵부터 아버지의 권위도 조금씩 실추된 것 같다.

욕망을 쥐어짜는 시대

각본가 구라모토 사토시 씨와 대담을 한 적이 있다. 그때 들은 덴츠 사의 '전략십훈'을 소개한다.

더 많이 쓰게 하라

더 많이 버리게 하라

낭비하게 하라

계절을 잊게 하라

선물을 하게 하라

세트로 사게 하라

욕구를 자극하라

유행에 따르게 하라

쉽게 사게 하라

혼란을 야기하라

다들 알다시피 '덴츠'는 일본 최대의 광고회사다. 이 '전략'이 만들어진 게 1970년대, 한창 고도성장기의 도가니 속에 있을 때다.

나는 이 전략을 듣고 심경이 복잡해졌다. 1970년대면 새로운 가전제품이 도착할 때마다 우리 가족이 순수하게 기뻐하던 시절이었다. 우리뿐 아니라 대부분의 사람들이 '물건을 손에 넣으면 행복해진다'고 믿었을 것이다.

그런데 물건을 파는 '프로'들은 그 한계를 냉철하게 바라볼 수 있었던 모양이다.

사람이 살면서 정말 필요한 물건이 그렇게 많을 리 없다. 그렇다면 모두들 필요한 물건을 손에 넣은 후에는 물건이 팔리지 않게 될 것이다. 그래서는 안 된다. 그러니 사람들이 끊임없이 '아직 부족하다'는 생각을 하게 만들어야 한다. 그러니 욕망을 끊임없이 자극할 것.

전자레인지의 등장이 하나의 전환점이었다고 앞서 말한 바 있다. 그 무렵, 사람들은 살아가기 위해 필요한 것들을 대충 다 갖추고 있었다. 전자레인지는 '욕망 확대 장치'였다.

만들면 팔리는 시대는 이제 끝이 나고, 바야흐로 사람들의 숨겨진 욕망을, 나아가 숨겨져 있지도 않은 욕망을 자극하기 위한 경쟁이 시작된 것이다. 욕망을 '쥐어짜는' 경쟁이.

가전 제조회사들도 열심히 애를 썼다!

'달걀 삶는 기계'는 실패했지만, 포기하지 않고 전기포트, 비데, 공기청정기, 가습기, IH 쿠킹 히터, 대형 텔레비전 등등, 그때까지 사람들이 생각지 못했던 '편리함'과 '쾌적함'을 부지런히 만들어냈다. 아무도 '필요하다'고 생각지 못했던 것들이 점점 필요한 것이 되어갔다. '더 필요하다'는 메시지가 세상에 넘쳐났고, '왠지 필요한 것 같은' 생각에 사람들은 사도 사도 멈출 줄을 몰랐다.

이게 바로 '경제 성장'의 실체다.

그래서 우리는 행복해졌을까.

어쩌면 그럴지도 모른다. 물건이 많아지고, 할 수 있는 일들이 많아지고, 그건 분명 풍요로움이긴 하다. 하지만 우리의 삶도 덩달아 커지고 복잡해졌다. 할 수 있는 일이 많아진다는 것은 해야 할 일이 많아진다는 뜻이기도 하다. 그리고 어느새 모두들, 무엇을 하고 싶은지, 무엇을 해야 할지 알 수 없게 되고 말았다. 그런데도 여전히 사방에 '당신에겐 무언가가 부족하다'는 메시지가 넘쳐난다. '그것만 손에 넣으면 행복해진다'고 외쳐댄다.

우리는 지금 '만들어진 혼란' 속에 존재하고 있는 건 아닐까.

터질 것처럼 부푼 풍선

그러고 보니, 정신없이 사 모았던 가전제품을 모두 처분한 내가 이렇게 편안해진 이유를 조금은 알 것 같다.

그것은 가전제품을 버렸기 때문이 아니다.

'가전제품과 함께 부풀려온 욕망'을 버렸기 때문이다.

냉장고를 버리고 나니, 집에 있던 식기가 눈에 띄게 줄었다. 보관할 곳이 없으니 보관용 식기가 필요 없어졌기 때문이다.

그러다보니 요리도 단순해졌다. 그날 먹을 것을 그날 사 와 요리하기 때문에 손이 가는 요리를 하는 경우가 드물다. 그래서 매일 비슷한 음식만 먹게 되었다. 밥. 된장국. 야채절임. 그리고 조림

반찬 하나. 에도시대 같은 식생활이긴 하지만, 대신 요리에 드는 시간이 대폭 줄어들었다.

살아보니 이것으로 충분히 행복하다, 놀랍게도.

부족함을 느끼지도 않고 비참하지도 않다. 지나치게 맛있지가 않아서인지, 오히려 매일 먹어도 질리지 않는다. 참 위대한 메뉴다 싶은 생각마저 든다.

매일 고급 초밥을 먹어야 한다면 어떨까. 그야 처음엔 좋을 것이다! 하지만 처음에나 그렇지 일주일만 지나면 처다보기도 싫어질 것이다. 너무 맛있기 때문이다. 너무 맛이 있으면 매일 먹을 수 없다. 진수성찬은 가끔 먹어야 제맛이다. 매일 먹어도 질리지 않는 음식에는 그와는 다른 위대한 가치가 있다.

그걸 알게 된 후에는 손이 가는 요리를 먹고 싶을 땐 외식을 하면 된다고 생각할 수 있게 되었다. 그런데 막상 그렇게 정하고 나니 일부러 나가서까지 복잡한 음식을 먹어야 하는지 의심스러워졌다. 집에서 늘 먹던 소박한 밥을 먹는 것이 제일 안심이 되고 몸에도 좋고, 제일 맛있다는 걸 깨달았기 때문이다.

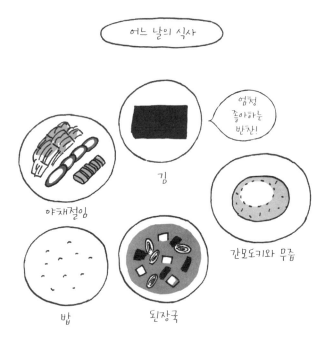

어느 날의 식사

김
엄청 좋아하는 반찬!

야채절임

간모도키와 무즙

밥

된장국

냉장고뿐만이 아니다.

세탁기를 버렸더니 수건, 속옷, 행주 같은 것들이 확실히 줄었다. 손으로는 한꺼번에 많이 빨 수 없기 때문에 그날 빨래는 그날 한다. 그러니 예비 물건을 둘 필요가 없어졌다.

양이 줄었을 뿐 아니라 종류에도 변화가 생겼다.

손으로 빨거나 짤 수 없는 것들은 감당이 안 되기 때문이다. 그래서 목욕 수건을 주저 없이 처분했다. 그걸 매일 빨고 짤 수는 없는 노릇이다. 작은 수건 한 장으로도 몸을 닦기에 충분하다. 호텔 수건처럼 폭신폭신할 필요도 없다. 물론 보드랍고 폭신폭신한 고급 수건을 만지면 마음이 포근해지기는 하지만, 손으로 짜야 하는 수고와 노력을 생각하면 한순간의 포근함은 잊어버리자 싶어진다. 장마철엔 잘 마르지도 않고.

그렇다면 옛날부터 온천여관에서 주는 얇은 수건이 최고다. 결국, 폭신폭신한 고급 수건은 세탁기와 건조기를 전제로 한 제품일 것이다. 닭이 먼저인지 달걀이 먼저인지 알 수 없지만, 이렇게 물건이 물건을 부풀린다.

한겨울 추울 때는 땀도 흘리지 않는데 매일 셔츠를 빨아야 할까, 하는 생각이 들었다. 더러워지면 빨면 되잖아. 그래서 벗은 옷을 '킁킁대는' 습관이 생겼다. 원래 겨울엔 빨래가 잘 마르지 않으니 이게 더 합리적이기도 하다. 세탁기가 있으면 그런 생각은 해보지도 않는다. 더러워졌는지 여부와 상관없이 무조건 벗으면 빠니까. 하지만 손빨래를 하다보면 그런 사소한 문제조차 근본적으로 생각해보게 된다.

그렇다고 "그 사람, 좀 냄새 나지 않아?" 하는 소리를 들을 수는 없으니 진지하게 킁킁거린다. 이미 후반전에 돌입한 인생이지만, 후각만큼은 앞으로 더욱 발달할 것이다.

필요한 것들이 점점 줄어가자, 팽팽하게 부풀었던 풍선에 구멍이 뚫린 느낌이었다. 바람이 빠져나간 풍선이 쭈글쭈글해졌다.

한때는 그런 건 안쓰러운 일, 쓸쓸한 일이라고 생각했다. 나는 내 쓸쓸함을 감추기 위해, 안쓰러운 자신을 안쓰럽지 않은 존재로 만들기 위해, 온갖 물건으로 주변을 채워 부풀렸던 것인지도 모른다.

하지만 정말 놀랐다고나 할까, 바람이 빠졌다고나 할까, 원래의 소소한 나로 돌아와보니, 그게 참 생각보다 편하다. 불안하지 않

매일, 벗은 옷을 '콩콩대는' 게 습관이 되어버렸다.

다. 지금까지 느껴본 적 없는, 마치 마음에 바람이 불어오는 느낌이다.

이미 '가득하기' 때문일 것이다.

나는 이미 충분히 가지고 있다.

'편리함'에 인생을 도둑맞다

전기는 우리의 욕망을 해방시키는 장치였는지도 모른다.

그러나 욕망은 일단 부풀리면 폭주하는 법. 그렇게 팽창한 '가능성'이 어느새 삶을 점점 더 복잡하게 만들고 우리의 시간과 공간을 지배하게 된 게 아닐까.

지금은 어느 집이나 가전제품뿐만 아니라 온갖 물건이 넘쳐난다. 사람들은 이제 너무 많아진 물건들을 감당할 수 없어한다.

애석하게도 부모님의 노화와 보조를 맞추듯, 집에서 오랜 세월 써온 가전제품들도 하나둘 고장 나기 시작했다.

시작은 전자레인지였다. 새로 산 전자레인지에는 엄청나게 많은 기능들이 탑재되어 있었다. 원하는 것은 단지 해동인데, 예전

처럼 버튼 하나로는 해결이 안 된다. 업계에 있었던 아버지조차 엄두를 못 내는 바람에, 기억력이 감퇴해가는 어머니만 힘들어하게 됐다.

그다음은 인터폰 장치. 이건 고장이 아니라 노후화를 이유로 관리실에서 교체를 결정했다. 예전 제품은 울리면 수화기만 들면 됐는데, 신제품에선 수화기가 사라졌다. 좌우에 붙은 버튼을 정확하게 조작하지 않으면 응답조차 할 수 없게 되었다.

어머니는 점차 인터폰을 두려워하게 되어, 내가 벨을 눌러도 좀처럼 응답해주지 않는다. 찾아갈 때마다 소요 시간이 길어진다. 겨우 대답이 들리는가 싶다가도 요란한 소리가 난다. 어딜 눌러야 할지 당황하는 어머니의 모습이 눈에 선하다. 그때마다 화가 치민다. 인터폰은 집 안과 밖을 연결하는 목숨 줄이다. 언제 무슨 일이 일어날지 알 수 없는 노인들에게 인터폰 사용법은 단순하고 쉬워야 하는데, 대체 누굴 위한, 무엇을 위한 신상품인가.

그러다 결국 텔레비전까지 망가졌다. 새것을 들여왔을 때는, 마침 맨션 방음 대책으로 새로운 환기장치가 설치된 참이라, 이제 거실 테이블에는 텔레비전, 비디오, 에어컨, 환기장치를 조작하기 위한 온갖 리모컨이 넘쳐나게 되었다. 어떤 게 어떤 리모컨인지 아버지조차 정확하게 알지 못했다. 무언가 끄고 켤 때마다 작은 소동이 벌어졌다.

이제 가전제품은 더 이상 '집안일을 편리하게 해주는 도구'가 아니었다.

끊임없이 새로운 기능을 추가한 제품들은, 집안일이 편해지기를 가장 절실하게 원하는 노인들에게는 너무 복잡했다. 이것이 '풍요로움'을 추구한 우리의 마지막 몰골인가, 하는 생각에 나는 풀 길 없는 분노와 슬픔을 삼켰다.

점점 기억력이 감퇴하는 어머니는 새로운 가전제품뿐만 아니라 넘쳐나는 물건들 때문에 괴로워했다. 산더미 같은 옷들 중에서 그날 입고 싶은 옷을 꺼내는 것도 큰일이었다. 엄청나게 갖고 있었던 요리책과 스크랩북을 관리하는 것도 어려워졌고, 차고 넘쳤던 냄비, 포크, 나이프, 조미료 같은 것들이 어느 선반에 들어 있는지 기억하는 것도 힘겨워졌다.

하루가 멀다 하고 은행과 백화점과 관공서에서 보내오는 '중요 공고'며, '만일을 위한 대비'며, '건강에 적신호가 켜진 분들에게'

며 하는 선전물들이 산더미처럼 쌓여갔다. 그렇게 넘쳐나는 물건들의 바다 속에서 허우적대며 어머니는 하루 종일 물건을 찾게 되었다. 어디에 무엇이 있는지 기억하려고 열심히 적어두었지만, 적어둔 메모마저 물건들 틈에서 오간 데 없다.

집에 갈 때마다, 어머니가 물건들 때문에 돌아가시는 건 아닌지 걱정이 됐다. 하지만 물건들은 끊임없이 늘어만 갔다. 어쩌면 지금까지보다 더 빠르게.

부모님은 지금껏 무언가를 손에 넣음으로써 다양한 문제들을 해결해왔다. 그래서 문제가 있을 때마다 물건은 늘어만 갔다.

부엌에는 물건을 사러 나갈 시간이 없을 때를 대비해 사둔 온갖 인스턴트식품이 넘쳐난다. 거실에는 아귀힘을 단련하는 기구와 의욕을 불러일으켜줄 아로마오일과 건강 관련 책과 잡지가 즐비하다. 그리고 온갖 약들. 진통제. 어머니가 아프다고 할 때마다 아버지는 어머니를 열심히 전문의에게 데려간다. 그때마다 약이 는다. 그걸 제대로 드셨는지 확인하는 일조차 이제는 불가능해졌다.

그래도 부모님은 물건 사들이기를 그만두지 않는다. 옷을 정리하지 못하게 된 어머니는 "입을 옷이 없다"고 호소하고, 아버지는 "사면 되잖아" 하고 대답한다. 물론 새로 산 옷은 넘쳐나는 옷들의 파도 속에 휩쓸려 사라지고 만다.

　한번은 부모님 집에 있을 때, 역 앞에 있는 쇼핑센터에 저녁거리를 사러 나갔다. 나는 눈부시게 전시된 물건들과 그곳에서 쇼핑을 즐기는 가족들의 인파 속에서 문득 발걸음을 멈추었다.

　지금 여기 있는 나는 이 세상에서 고립된 존재구나 하는 생각이 들었다. 눈앞에 펼쳐진 이 세상은 이런 눈부신 물건을 사고파는 사람들을 위해 존재한다. 나 역시 한때는 그 안을 유유히 유영했다. 그러나 달라진 내 모습 앞에, 그 눈부신 물건들은 얼마나 차갑고 냉정하던지. 여기 있는 비싸고 아름다운 물건을 사드린들 부모님에겐 아무런 도움이 되지 않는다. 이 물건들이 부모님을 구할 수 있다면 얼마나 좋을까. 하지만 현실은 그렇지 않다. 부모님에게 필요한 건 물건이 아니다.

　나는 여기 있지만 없는 존재나 다름없다. 여긴 우리 가족을 위한 세계가 아니다. 그럼 우리를 위한 세계는 대체 어디에 존재한단 말인가.

　결국 물건은 인간을 구원할 수 없을 것이다. 소비 사회란 물건을 사고팔 수 있는 건강하고 강인한 사람들을 위한 동아리 활동이다. 그리고 이제는 진정으로 구원해야 할 사람들을 밖으로 내치는 회원제 클럽으로 변질되어가고 있다. 내쳐지지 않으려고 모두가 필사적이다. 언제까지나 젊고 건강하게 살다가 어느 날 갑자기 저세상으로 떠나길 바란다. 하지만 그런 일이 불가능하다는 것쯤 다들 알고 있다. 그래서 다들 공포의 낭떠러지 끝에 서서 두려움에 떨며 살고 있다.

이것이 열심히 일해 경제성장을 일구어온 우리의 민낯인가.

대체 왜 이렇게 됐을까.

우리의 이상향은 '전신불수 사회'인가

그런 생각을 하고 있을 때, 지금도 끊임없이 개발되고 있는 차세대 상품을 소개하는 신문기사가 눈에 들어왔다. 지금은 물건을 만든다고 팔리는 시대가 아닌 만큼, 모든 제품을 인터넷과 인공지능으로 연결해 "아무도 경험한 적 없는 편리한 세상"을 만들자는 콘셉트가 주목을 받는다는 내용이었다.

"1969년 탄생해 우리의 삶과 일에 필수불가결해진 인터넷. 이

편리한 도구가 새로운 국면을 맞이하려 하고 있다. '사물인터넷
IoT', 즉 모든 물건이 인터넷으로 연결되는 세상이다."

"예를 들어 볼펜이나 시계, 옷이나 안경 같은 익숙한 물건들에
극소형 컴퓨터 프로세서를 내장해, 이것이 통신 네트워크와 연결
되면서 서로 연계해 우리를 위해 일하게 된다."

"문제는 표준화다. 사물인터넷의 한 예로, 외출했다 집에 들어
가기 전, 스마트폰으로 에어컨을 미리 켜두는 상황을 예상할 수
있는데, 사용자가 그 제품들을 모두 같은 브랜드로 통일하는 일
은 매우 드물다."

— 아사히신문 〈뉴스의 책장〉, '모든 것이 인터넷으로 연결되는 시대', 2016년 2월 21일

이 기사를 읽은 나는 곧이곧대로 감탄할 수만은 없었다. "모든
물건이 우리를 위해 일하게 된다"…… 마치 그런 일이 당연하고 멋
진 일이라는 투인데, 우리는 정말로 무언가가 우리를 위해 일하기
를 바라고 있을까. 설령 그렇다 한들, 그렇게 되면 사람들이 정말
로 행복해지는 걸까.

우리는 지금보다 더욱더 욕망을 해방시켜야만 하는 것일까. 모든 일에는 한계가 있는 법이다. 이것으로 충분하지 않은가. 한계가 있기에 지금 이 순간을 최선을 다해 살아갈 수 있다. 그렇게까지 하면서 기껏 하고 싶은 일이, "외출했다 집에 들어가기 전 스마트폰으로 에어컨을 미리 켜두는" 일이라니.

아아, 너무 좀스럽지 않은가!

인간의 행복이 정말 그런 데 있는 것일까. 그렇게 되면 인간은 정말 지금보다 풍요로워질까. 우리가 지금 불평하고 분노하는 이유는, 아직 더 편리해져야 하기 때문일까.

사람이 할 수 있는 일을 기계에 양보하다보면 사람이 할 일이 점점 더 줄어들어버린다. '사물인터넷'의 이상향은 모두가 '전신불수'인 사회란 말인가. 누워서 머릿속으로 생각만 해도 무언가가 반응해 우리의 욕망을 대신 실현해주는?

그게 과연 살아 있다고 할 수 있는 상황일까?

허약해진 어머니를 보고 있으면 움직인다는 것에 대해 많은 생각을 하게 된다. 어머니는 틈만 나면 주무신다. 여기저기 아프고 뜻대로 움직여주지 않는 몸 때문에 우울해지고, 일어나 있으면 해결할 수 없는 걱정거리만 끝없이 떠오르니, 자는 게 제일 편하기 때문이다.

그러면 몸은 점점 더 움직일 수 없게 된다. 겨우 기운을 짜내 무언가를 하려고 해도 바로 숨이 차 그 때문에 다시 우울해지고, 결국 누워 있는 게 더 낫다는 생각에 이른다. 그러면 점점 더 몸을 움직이지 못하게 되고…… 어쩔 수 없는 악순환. 어머니도 그걸 알고 계신다. 하지만 알고 있어도 그 악순환에서 빠져나오기란 쉽지 않다. "왜 일어나서 움직여야 하지?" 생각해버리게 된다.

이에 답하기란 참 어려운 일이다. 내가 없는 지혜를 짜내 도달한 결론은 "죽으면 계속 잘 수 있잖아. 하지만 살아 있다는 건 움직인다는 게 아닐까"라는 억지스러운 설명이었다.

그래도 이 말을 들은 어머니가 왠지 납득을 하고는 "그래, 아직은 살고 싶네" 하고 말씀하셨다. 그리고 이러쿵저러쿵 불만을 털어놓으면서도 어떻게든 움직여보려고 애를 쓰신다. 움직이려는 동기는, 아주 작은 일상이다. 물을 끓이고 빨래를 개고 쓰레기를 버리는 일, 오늘 입을 옷을 고르고 살아가기 위해 주변을 정리하는 일이 어머니를 버티게 해주고 있다.

그런데 이 일들이 모두 집안일이다! 가전제품이 없애려고 목표로 해왔던 그 집안일. 하지만 집안일을 해야 한다는 마음에 어머니는 몸을 움직인다. 그렇게, 어머니는 살아 있다.

그 모습을 보고 있으면 정말이지, 편리함이 무엇인지 점점 더 알 수 없게 된다. 우리는 편리해졌다며 기뻐하면서 실은 '산다'는 걸 조금씩 포기하고 있는 건 아닐까. 산다는 것은 움직인다는 것이고, 움직인다는 건 산다는 게 아닐까. 사물인터넷이 지향하는 사회라는 건 대체 무엇인가. 아무것도 하지 않아도 된다면, 어머니는 대체 어떻게 살아가야 하나. 어머니가 살아갈 수 없다면, 그건 누굴 위한, 무엇을 위한 사회인가.

하지만 상황은 가속도가 붙어 엄청난 방향으로 변해가고 있다.

같은 해 10월 5일, 마이니치신문 〈기자의 눈〉에서, 인공지능에 관해 연재기사를 썼다는 경제부 기자가 인공지능의 공과 죄에 대해 논평을 했다. "인공지능에 휘둘릴 게 아니라 잘 이용할 수 있는 방법을 찾아야 한다"는 평범한 기사였는데, 그 내용을 보고 몸서리를 치지 않을 수 없었다.

기자는 "취재를 하는 동안 '인공지능이 이렇게까지 편리하다니' 정말 놀랐다"고 썼는데, 구체적인 예로 든 게 사람을 대신해 메일

답장을 써주는 시스템이었다. 예전 메일을 통해 사람의 성격과 문투를 학습한 로봇이 그 '엇비슷한' 답장을 대신 써준단다. 개발 책임자는 "인간은 오랜 세월, 먹고살기 위해 일해야만 했다. 인공지능은 그런 속박된 생활로부터 인간을 해방시켜줄 것이다"라고 강조했다나.

  ……일을 하는 게 그렇게 나쁜 걸까. 그렇게 싫을까. '속박된 생활'이란 대체 뭘까.

  인간은 대체 무얼 위해 살아가는 걸까. 일을 한다는 건 궁극적으로는 다른 사람을 돕는 게 아닐까, 다른 사람을 기쁘게 하는 게 아닐까. 사람은 혼자서는 살 수 없으니까. 어떻게든 서로 도우며 열심히 살아내는 것 자체에 삶의 의미가 있는 게 아닐까. 그럴 필요가 사라진 세상에서 사람은 대체 무엇을 하면서 살게 될까.

  기자는 "상상만 하던 세상에 한 발짝 다가간 느낌"이라며 감탄을 감추지 못했다.

  그래서 당신은 무엇을 하며 살고 싶은 건가요?

집안일이란 나쁜 건가요?

가전제품에 대해 철저히 생각하다보면 결국 '산다는 건 무엇인가'라는 문제에 봉착하게 된다.

행복이란 무엇일까, 풍요로움이란 무엇일까.

가전제품이 목표로 하는 '행복하고 풍요로운 세상'이란, '귀찮은 일'을 가급적 하지 않고, '즐거운 일' '좋아하는 일'만을 맘껏 하는 세상이다. 하인이 뭐든 해주는 임금님 같은 생활. 그것이 궁극적인 목표다.

다시 여기서, 그 '귀찮은 일'이란 무엇인지 생각해보자.

내가 가전제품을 버리고 나서 일어난 신기한 일은 내가 집안일을 무척 좋아하게 되었다는 것이다.

물론 전에도 요리를 좋아하긴 했다. 하지만 음식을 좋아했던 것일 뿐, 다른 집안일은 뭐랄까, 분명히 말해서 아주 싫어하는 편이었다. 아무도 가치를 인정해주지 않고, 해도 해도 끝이 없는 영원한 반복. 그야말로 쓸모없는 일. 그래서 '귀찮다'는 생각을 했다.

그러나 가전제품 없이 살면서 집안일에 드는 시간이 줄었다는 말은 이미 했지만 그뿐만이 아니었다. 집안일에 들이는 시간이 별로 신경이 쓰이지 않게 되었다. 소요 시간이 줄어들기도 했지만 부담감도 줄어들었다. 아니 부담감은 거의 없어졌다. 아니, 전혀 없다. 아니다, 오히려 즐거움이 되었다.

예를 들어 아침에 하는 빨래.

내가 지금 제일 좋아하는 시간이다.

오늘 아침에도 좋아하는 치노팬츠를 빨았다.

십 년쯤 전에 산 아끼는 바지다. 지금까지 세탁소에 맡겼었는데 매일 손으로 빨래를 하게 되면서 이것도 내가 빨 수 있지 않을까 하는 생각이 문득 들었다. 생각해보니 세탁소 영업시간은 정해져 있고 돈도 들고 그럭저럭 미루다보니 몇 년이나 빨지 않았다. 어쩌면 엄청 더러울 수도……

그래서 빨아보기로 했다. 물론 손으로.

깜짝 놀랐다!

빨아서 새하얘질까 싶었는데 경험한 적 없는 색깔로 알록달록 해졌다!

좋아하는 세숫대야.
둥근 게 귀엽다.

때가 지워진 부분과 그렇지 않은 부분이 얼룩이 되어 마치 원래 디자인 같다!

어쩌다 이렇게 됐지?

내가 저지른 짓이니 누구를 비난할 수도 없다. 이런저런 추리를 해보았다. 너무 더러워서 한 번에 때가 빠지지 않은 건 아닐까, 세제가 균일하게 스미지 않은 건 아닐까. 몇 번이고 이런저런 방법을 써봤다. 오늘 아침에는 전날 비누칠을 하고 표백제를 넣어 담가뒀던 걸, 두 번 세 번 행구는 시도를 했다. 세제를 골고루 퍼지게 하고 더러운 얼룩을 더 빼자는 작전이었다.

그런데 베란다 난간에 널려고 펼쳤더니, 참 멋진 얼룩이네. 표백제 때문인지, 알 수 없는 흰 반점까지 생겼다. 이제 무엇이 때고 무엇이 원래 색깔인지 알 수 없다.

실망감에 어깨가 축 쳐진 나.

하지만 사실은 나, 너무나 재미있다. 다음엔 어떤 수를 써볼까, 이런저런 궁리를 하면서, 다음엔 두고 봐, 그런 생각만으로도 가슴이 뛴다.

참 멋진 얼룩이네.

집안일이 오락?

대체 이 마음은 무엇일까.

가전제품은 우리의 삶을 보다 편리하고 쾌적하게 만들기 위해 세상에 나왔다. 하지만 과거의 나는 세탁기 덕을 보며 살면서도, 감사하다고 느낀 적이 한 번도 없었다.

오히려 빨래는 제일 싫어하는 집안일 중 하나였다. 혼자 살다보니 주말에 한꺼번에 몰아 빨래를 했고, 그것도 스위치 한 번에 세탁기가 전부 알아서 해주는데도, 빨래를 널고 들이고 개고 정해진 장소에 넣는 일련의 동작들이 왜 그렇게 짜증이 나던지…… 그저 의무감일 뿐, 내게는 빨래를 하는 시간이 가급적 피하고 싶은 '쓸모없는 시간'이었다.

그런데 '나 대신 무엇이든 해주는 편리한 하인'을 버리면서 빨래가 귀찮기는커녕 최대의 오락이 되었다.

집안일이 오락이라고? 있을 수 없는 일이야! 지금껏 '내 시간'을 늘리기 위해, '쓸모없는' 집안일을 줄이려고, 열심히 돈을 벌어 편리한 제품을 사 모았는데?

그런데 그 집안일 자체가 오락이라고? 그래도 돼? 그럼 지금까지의 내 인생은 뭔데?

하지만 실제로 지금의 난 디즈니랜드에 가는 것보다, 머리를 짜내며 빨래를 하는 편이 백배는 더 흥분되고 즐겁다.

왜 즐거울까? 결국, 어렵기 때문이다. 실패의 연속이기 때문이다. 한마디로, 귀찮기 때문이다.

음…… 너무 이상하군.

다시 한 번 귀찮다는 게 뭔지 생각해본다.

돈이 안 되는 일, 가치를 인정받지 못하는 일, 즐겁지 않은 일.

그런데 점점 더 알 수가 없다.

돈이 되면 귀찮지 않게 될까.

귀찮은 일은 즐겁지 않은 일일까.

다들 열중하는 게임을 예로 들어보자. 게임은 여기저기 함정과 강력한 적수가 있기에 재미있다. 다시 말해, '귀찮은' 일이 많기 때문에 즐겁다는 뜻이다.

그렇게 생각하니 '집안일이 즐겁다'고 해도 이상할 게 없다. 어렵기 때문에, 실패를 거듭하기 때문에, 귀찮기 때문에, 보람이 있다. 그리고 '즐겁다'고 생각하면 가전제품이 있든 없든 집안일을 둘러싸고 언쟁을 벌일 필요가 없다. 모두가 하고 싶어 안달하게 되더라도 이상할 게 없다.

그렇지만 귀찮다는 것을 부정적으로 정의하는 한, 집안일을 누가 하느냐 하는, 마음이 얼어붙는 언쟁은 끊이지 않는다. 그리고 그렇게 정의한 사람은 실은 가전제품 제조회사 사람들이다.

가전제품이 만들어지려면 무언가가 귀찮아야 하기 때문이다.

밥을 짓는다고? 아아, 귀찮아. 청소? 귀찮아. 빨래? 귀찮아.

그럼요, 그럼요! 제게 맡겨만 주십시오. 귀찮은 일은 스위치 하나로 해결해드립니다!

이렇게 신상품이 생겨난다.

이렇게 편리한 세상이 된다.

귀찮은 세상을 철저히 맛본다

여기까지 쓰고 나니 느껴지는 게 하나 있다.

집안일은 '귀찮은 일'. 그렇게 믿어 의심치 않았던 것은 바로 나다. 과연 가전제품 제조회사 때문이었을까. 나는 자각 없이 홍보 문구에 홀린 피해자였을까.

아니, 그렇지 않다. 물론 영향은 받았을 것이다. 그러나 속은 건 아니다. 나야말로 내 시간을 둘로 나누어왔다.

'쓸모없는 시간'과 '쓸모 있는 시간'으로.

'쓸모없는 시간'이란 집안일 같은 '귀찮은 일'을 하는 시간이다. 인정도 못 받고 돈도 안 되는 일들을 하는 시간.

'쓸모 있는 시간'이란 그 반대다. 돈이 되는 시간. 인정받을 수 있는 시간.

그렇다. 생각해보니 나는 지금까지 풍요로워지기 위해 사람만 차별화한 게 아니었다. 싸움에서 이기기 위해, 남보다 위에 올라서기 위해, 내 시간을 차별해왔다. 쓸모없는 시간을 지겹게 여기고 배척해왔다. 그래서 노력하면 할수록 내 인생의 일부를 증오하게 되었다. 그게 '바람직한 인생'이라고 생각하며 살아왔다.

덧붙이자면, 나는 입으로는 정의로운 척하면서도, 실제로는 세상엔 쓸모없는 것과 쓸모 있는 게 있다고 나누어 생각해왔다. 시간뿐만이 아니다. 속으로는 세상엔 도움이 되는 사람과 그렇지 않은 사람이 있다고 여겨왔다. 그리고 나는 도움이 되는 사람이 되고 싶다고, 쓸모없는 사람은 되고 싶지 않다고, 늘 그렇게 생각했었다.

무언가에 도움이 되고 싶다는 생각 자체는 나쁘지 않다. 그건 사람으로서 자연스럽고 훌륭한 감정이라고 생각한다. 다만 문제는 어느새 '도움이 되지 않는 것'을 배척하고 경멸하게 된다는 것. '무언가에 도움이 되는 것'이 목적이 아니라 '도움이 되는 나', 그 것이 목적이 되어버리는 것이다.

대체 '도움이 된다'는 건 무엇일까.

세상에는 참 많은 것들이 있다. 모두에게 도움이 되는 것이 있는가 하면, 단 한 사람에게 한순간에만 도움이 되는 것도 있다. 그리고 지금 세상에는 결국 도움이 될 기회가 한 번도 없을 것같이 보이는 것들도 있다. 과연 무엇이 더 훌륭한 것일까.

〈길〉이란 유명한 이탈리아 영화가 있다.

난 오래도록 이 영화를 싫어했다.

가난하고 젊지도 않고 예쁘지도 않은 여자 주인공에게, 어떤 남자가 "세상에 쓸모없는 건 없어" 하고 위로하는 장면이 나오는데, 그 남자는 주위에 굴러다니던 돌멩이를 주어 "바로 이 돌멩이처럼 말이야"라고 말한다. 그 돌멩이를 바라보며 주인공은 슬프게 웃는다. 그 남자를 좋아했기 때문이다. 그 남자에게 그 돌멩이가 쓸모 있을 리 없는데, 여자가 그 돌멩이 같다고 했기 때문이다. 난

정말 가슴이 미어지는 것 같았다. 아니, 조금만 더 쓸모 있는 걸 예로 들어주면 안 됐던 걸까. 그러나 그렇게 생각하는 나 역시 마음 한구석에서, 그 여자 주인공을 그 돌멩이 정도의 인간이라 여기고 있었다. 난 저런 사람은 되기 싫다고.

하지만 이젠 알 것 같다. 그런 사고방식 자체가 결국엔 나에게 상처를 주리라는 것을. 늙어 죽어갈 때가 오면 사람은 누구나 '쓸모없는' 존재가 된다. 아니, 늙어 죽을 때뿐만이 아니다. 병에 걸리거나, 다치거나, 직장에서 인정을 못 받거나, 다른 사람에게 거절당하거나, 사람들은 온갖 국면에서 언제든 '쓸모없는' 존재가 된다. 그래서 다들 그런 존재가 되지 않으려고 필사적으로 노력한다.

그러나 모든 게 그리 생각처럼 잘 풀리진 않는다. 벼랑에서 떨어지는 길은 언제든 활짝 열려 있다. 그래서 다들 두려움에 떨며 살아간다. 그런 공포에서 빠져나오는 길은 단 하나뿐이다.

이 세상에 '쓸모없는' 건 하나도 없다! 그렇게 믿는 것이다. 그것이 영화 속 그 남자가 열심히 하고자 했던 말이 아닐까?

그 믿음을, 잘 알지도 못하는 상태에서, 나는 절전 생활에 도전하며 매일매일 실천했던 것 같다. 일상 속 '낭비', '쓸모없다'고 생각했던 일들, '귀찮다'고 여겼던 일들에 정성을 쏟아부으며. 대부분 하찮은 일이지만, 어리석다는 마음을 접어두고 열심히 하다보면 왠지 재미를 느끼게 된다. 치노팬츠 같은 걸 손으로 비벼 빨며 일희일비한다든가.

그래서 한번쯤 속았다 치고 직접 해보길 권하고 싶다. 결국 속았다는 생각을 하게 될지도 모르지만, 그래도 크게 손해 볼 일은 없을 테니까. 그보다 조금만 생각해보자. 만약 당신이 이 세상에서 '제일 쓸모없고 하찮다'고 여겼던 일이 쓸모가 없기는커녕 생각보다 재미있는 일이 된다면, 앞으로 살아가는 모든 시간이 오락이 되지 않겠는가! 그게 바로 혁명이다!

난 더 이상 집안일을 차별하지 않는다. 절대로. 쭈그려 앉아 빨래를 하는 시간을 결코 쓸모없는 시간이라고 생각지 않는다.

그건 바로 나를 위해서다. 세상 한구석에서 끈 떨어진 연처럼 살아가고 있지만, 나 역시 결코 쓸모없는 인간이 아니라는 것을 매일매일 확인하기 위해서다.

멀리 돌아왔지만, "가전제품은 여성을 해방시키지 않았는가?"에 대한 답은 이렇다.

이건 남녀의 문제가 아니다. 남자든 여자든, 우리는 우리가 무엇에 얽매어 살아가고 있는가에 대해 고민해야 한다. 그리고 정말 자유로워지고 싶다면, 필요한 것은 더 편리한 가전제품을 사는 일이 아니다. 누군가에게 일을 떠넘기는 것도 아니다. 좀더 근본적인 무언가를 바꾸는 것, 필요한 건 바로 그것이 아닐까.

다시 말해 필요한 건, 잘 표현할 수는 없지만, 살아간다는 것, 살아가는 한 모든 시간을 오롯이 살아내는 것이 아닐까. 매순간, 누구도 하찮게 여기지 않고, 차별하지 않고, 똑바로 마주한 채 살아가는 그것이 아닐까.

산다는 건 정말 귀찮은 일이다.
그렇지만 귀찮기에 멋질 수 있는 일이다.

옮긴이 **김미형**

전문번역가. 제주대학교 일어일문학과 졸업. 일본 주오대학에서 석사학위와 박사학위를 받았다.
『벚꽃이 피었다』『마이 룰』『퇴사하겠습니다』 등을 우리말로 옮겼다.

그리고 생활은 계속된다

1판 1쇄   2018년 2월 7일
1판 3쇄   2018년 7월 31일

지은이   이나가키 에미코
옮긴이   김미형
펴낸이   김정순
편집   김이선
디자인   김진영
마케팅   김보미 임정진 전선경

펴낸곳   (주)북하우스 퍼블리셔스
브랜드   엘리
출판등록   1997년 9월 23일 제406-2003-055호
주소   04043 서울시 마포구 양화로 12길 16-9 (서교동 북앤빌딩)
전자우편   ellelit@naver.com
블로그   blog.naver.com/ellelit
전화번호   02 3144 3123
팩스   02 3144 3121

ISBN 978-89-5605-768-2 03830

이 도서의 국립중앙도서관 출판도서목록(CIP)은 서지정보유통지원시스템 홈페이지
(http://seoji.nl.go.kr)와 국가자료공동목록시스템(http://www.nl.go.kr/kolisnet)에서
이용하실 수 있습니다.(CIP제어번호: CIP2018001895)